KB108525

유머
능력자
따라잡기 [실전편]

유머 능력자 따라잡기(실전 편)

초판 1쇄 인쇄 2011년 10월 10일
초판 1쇄 발행 2011년 10월 17일

지은이 | 양재규
기획편집 | 양정규
표지 디자인 | 최윤정
펴낸이 | 손형국
펴낸곳 | (주)에세이퍼블리싱
출판등록 | 2004. 12. 1(제2011-77호)
주소 | 서울시 금천구 가산동 371-28 우림라이온스밸리 C동 101호
홈페이지 | www.book.co.kr
전화번호 | 1661-5777
팩스 | (02)2026-5747

ISBN 978-89-6023-689-9 03810

유머러스하게 말하고 싶은 사람이라면 꼭 읽어야할 유머스피치 필독서

유머 능력자 따라잡기 [실전편]

양재규 지음

들 · 어 · 가 · 며

쌍둥이 형제가 시험을 봤다. 문제는 5문항. 형은 5개 중에 4개를 맞췄고, 동생은 5개 중 1개를 맞췄다. 하지만 형은 엄마에게 맞아야 했다. 그 이유는 말 한 마디에 있었다.

형 "엄마! 나 4개 맞았어!"

그러자 옆에 있던 동생이 바로 대답했다.

동생 "난, 4개 빼고 다 맞았어요!"

말의 묘미를 다시 한 번 깨닫게 하는 유머다. 말이란 게 참 묘해서 순서만 바꿔도 기분 좋은 말이 되기도 하고 묘하게 기분 상하는 말이 되기도 한다. 그래서 위트와 유머는 사람이 살아가는 데 꼭 필요한 윤활제 같은 언어 사용 방식이다.

'말은 그 사람의 첫 번째 기억이자 마지막 향기이다.'라는 말이 있듯이, 말은 그 사람의 심상, 곧 자신이다. 유머러스하게 말하고 싶다면 먼저 생각이 여유롭고 긍정적이어야 한다. 기쁨이 가득한 사람에게서 나오는 언어는 그 느낌마저 이미 유머다. 강의를 하거나 설교를 할 때 앉아 있는 사람들을 졸게 만드는 건 무능이고 죄악이다. 내가 너무 심하게 말한 것 같은가? 청중을 감동의 도가니로 몰아가지는 못하더라도, 귀한 시간을 내서 자리에 앉아 있는 사람들이 최소한 시간을 허비했다는 생각이 들게 하지는 말아야 한다.

이 책을 손에 든 분들은 '어떻게 하면 말을 재미있게 할 수 있을까?' '어떻게 하면 위트 넘치는 사람이 될까?' 해서 책장을 넘겼으리라고 본다. 유머 스피치 아카데미 개인 코칭 과정에 오시는 분들의 대부분은 한 마디라도 더 재미있게 말하고, 강의 할 때나 설교, 연설을 할 때, 누가 한 말씀 하시라고 부탁해올 때, 멋들어지게 말을 하고 싶어서 온다. 그런데 내가 그들을 가르치면서 알게 된 점은 사람의 기질에 따라 유머나 말하는 스타일이 다르기 때문에 말을 잘하지 못하더라도 유머를 이용해서 자신이 말하고자 하는 내용을 더 품위 있게 전달할 수도 있다는 것이다. 또한 간과해서는 안 될 사실은 말하는 법이 서투르면 유머 구사에 어려움이 있다는 것이다. 그래서 유머 스피치 스킬 이전에 말하는 법을 가르치게 된다. 유머는 웃기는 것이 아니다. 웃음을 짓게도 하고, 눈물을 머금게도 하고, 가슴을 후련하게도 만드는 것이다.

"저는 워낙 남을 웃기는 재주가 없어서…."

"제가 친구하고는 우스운 얘기도 잘하는데 남 앞에만 서면 안 돼요."

이렇게 생각하는 것 자체가 말을 못 하게 할 뿐만 아니라 위트 있는 말은 더욱 할 수 없게 만든다.

그러면 이제부터 유머를 유머러스하게 하는 법, 유머를 이용하여 내 주장을 강하게 호소하는 법, 유머 사용 스킬 코칭 실전 편, 『유머 능력자 따라잡기』에 들어간다. 어떻게 하면 유머를 사용하여 조리 있고, 재미있고, 감동적으로 말을 할 수 있는지 차근차근 알아보자.

출발!

C · O · N · T · E · N · T · S

첫번째, 코스

01

남의 밥은 내 밥이 아니다

유머 능력자 따라잡기 실전 편

단어 하나만 생각하라

코칭 과정에 오시는 몇몇 분들은 욕심이 과해서 처음부터 예능 프로그램의 누구처럼 말하고 싶어 한다. 사람은 타고난 기질이 있는데, 그것은 바뀌지 않는다. 그러면 나는 여태껏 남 앞에서 재미있게 말 한 번 못 해봤는데 더 이상 희망이 없다는 말인가? 그렇다면 너무 불공평하고 재미없지 않은가?

남 앞에서 말하는 것은 결코 쉬운 일이 아니다. 그것도 재미있게 말하기란 더더욱 어렵다. 흔히들 재미있는 유머도 잘 모르는 데다 언제 순발력 있게 말해야 될지도 모르겠고 말할 거리도 없다고 한다. 자신은 개그맨이나 항상 재미있게 말하는 사람들처럼은 절대 말할 수 없다고들 한다. 또 무엇을 먼저 말해야 할지 모르겠단다. 그 이유는 말하고자 하는 자신의 내면에 어떠한 확고한 단어나 주제가 없기 때문이다. 이제 그런 걱정에서 벗어나 안심하라. '원래 유머 못 하는 사람', '원래 재미없는 사람'은 이제 없다. 당신이 평소에 말하는 그 스타일에서 조금 더 분명히, 그리고 맛을 살려서 그대로 하면 된다.

설교나 강의를 들을 때 좌중을 사로잡고 빵빵 터지는 유머를 늘어놓는 사람을 잘 관찰해 보라. 그들은 결코 자신이 말하고자 하는 주제에서 벗어나는 유머를 사용하지 않는다. 자신이 말하고자 하는 주제어, 그것 하나로 모든 유머를 끼워 맞추는 것이다. 코칭을 받으신 분들도 "원장님, 제가 어디어디에서 무슨 내용으로 강의를 해야 하는데 적당한 유머 없을까요?"라며 가끔 나에게 전화로 문의해온다. 자신이 말하고자 하는 내용이 들어간 유머를 찾기란 백사장에서 바늘 찾기 같은 것이다. 먼저 마음에 드는 유머를 찾고, 거기에서 내가 말하고자 하는 의미를 부여하면 된다. '도대체, 어떻게 하라는 거야?' 하고 반문하시겠지만, 이후로 이 문제를 계속 다룰 것이므로 너무 조급해 하지 않아도 된다.

중·고등학교 국어 시간에 주제 단어를 찾고 주제어를 찾고 줄거리를 요약하던 실력만 있으면 이미 유머 사용 스킬의 90%를 끝낸 것이나 다름없다. 자신감이 선행되어야 하겠지만, 입은 열려 있고 말은 하면 된다. 내가 무슨 말을 하고 싶어 하는지를 먼저 알면 말하기가 훨씬 수월해진다. 한두 가지 준비만 늘 하고 있으면 유머러스하게 자신을 어필할 수 있다. 거기에 확고한 의지까지 더해진다면 청중을 압도하기까지 한다.

말을 유머러스하게 하는 능력이나 위트 있는 입담은 타고 나는 것을 절대 무시할 수 없지만, 후천적으로 충분히 길러질 수 있다. 첫째는 긍정의 마음이고, 둘째는 관심이고, 셋째는 꾸준한 연습이다. 그러므로 개인차는 있지만 유머 스피치 과정의 반 이상은 수강자가 직접 해보고 피드백 받는 시간으로 채워진다. 남의 밥은 내

밥이 아니다. 내가 먹어야 내 밥이다. 어떤 일을 하려면 삼심(三心)이 있어야 한다고 한다. 하겠다는 결심, 열심, 그리고 끈기 있게 밀고 가는 뒷심이 그것이다. 다시 한 번 말하지만 공부는 혼자 하는 것이다. 수학이나 영어 공부 같은 것은 듣는다고 되는 것이 아니라, 자기가 직접 꾸준히 생각하며 해보아야 자기 것이 된다. 말하는 법이나 유머를 구사하는 법, 강의하는 법도 크게 다르지 않다.

그런데 아무리 유머나 감동적인 이야기를 많이 알아도 자신이 청강자들 앞에서 자연스럽게 구사할 수 없다면 아무 쓸모가 없고 이미 자기 것이 아니다. 말을 잘하고 싶고, 한 번이라도 웃겨 보고 싶고, 재미있고 감동적으로 강의나 연설을 잘하고 싶어서 이 책을 손에 들고 있는 당신은 이미 결심을 한 것이다. 이제부터 여기에 나온 대로 익히고 꾸준히 연습하고 써먹다 보면 어느새 달라진 자신의 모습을 발견하게 될 것이다. 머지않아 당신은 한 없이 멋진 멘트를 구사하는 능력자가 될 것이다.

유머 스피치는 어떻게 해야 할까

유머 스피치를 하기 전에 먼저 생각을 해야 하는 것은 당연하다. 자신은 무심코 말한 것 같지만 컴퓨터에 입력된 것만 출력되듯 내가 생각하고 정리해서 입력되어 있는 것만 나오게 되어 있다. 물론 시의적절한 멋진 유머도 내가 가지고 있고, 내 몸에 완벽하게 체득되어 있어야 나오는 것이다. 노래할 때도 그 곡을 완벽하게 소화해 낸 사람은 여유와 자신감이 엿보이듯 연설이나 강의를 할 때도 마찬가지다. 자신이 말하고자 하는 의지가 분명하고 생각이 무르익었을 때, 그리고 자신이 그렇게 살고 있을 때 힘이 있고 재미가 있고 감동이 있다. 당신이 분명할 때 사람들은 당신을 느끼기 시작한다.

첫째. 똑똑히 들리도록 말하라

말하기의 첫째와 마지막의 정답은 '똑똑히 들리도록'이다. 자신은 의식하지 못하는데 말할 때마다 뒤끝을 흐리는 사람이 의외로 많다. 자신은 말을 했다고 생각하지만 상대에게 들리지 않는다면 말한 것이 아니다. 1:1로 대화할 때는 아무렇지도 않던 사람이 여러명 앞에만 서면 기어들어가는 목소리가 되거나 말이 빨라지고 얼굴이 빨개져서 자신을 주체 못 하게 되는 경우는 발음을 정확하게하는 연습만 해도 대부분 해결된다.

둘째. 유머 스피치를 맛깔나게 하는 것은 발음과 호흡 조절이다

여러분이 아는 성악가들 중에 허리를 꾸부정하게 하거나 말을 흐릿하게 하는 사람을 본 적 있는가? 제대로 교육 받은 성악가라면 아마 그런 사람은 찾기 힘들 것이다. 정확한 발음과 여유 있는 호흡은 대화를 하거나 강단에서 말하는 사람에게 자신감을 준다. 더불어 듣는 이들로 하여금 편안함과 매력까지 느끼게 한다. 나에게 '어떻게 하면 말을 잘해요?' '어떻게 하면 강의를 잘해요?'하고 물어오는 사람들의 대부분이 가장 간과하는 것 중에 하나가 바로 '발음과 호흡'이다.

셋째. 설명과 묘사가 분명 할수록 말맛이 살아난다

대부분은 '위트 있게 말하는 법'이나 '강의할 때 사용할 만한 유머' 등에 대해 묻는다. '말은 내가 할 줄 아니까 그건 됐고.'라는 식이다. 유머 스피치는 말하는 것이다. 청강자의 귀에 명확하게 들어와야 한다. 그렇기 때문에 그림 그리는 것처럼 하는 것이 가장 좋다. 설명과 묘사가 분명하면 할수록 말맛이 살아난다. 너무도 당연한 이야기이지만 가장 안 되는 부분이기도하다. 성악가들을 보면 발음도 정확하고 소리가 울리는 느낌을 준다. 그 이유는 이들이 유난히 소리가 커서 그런 것이 아니라, 호흡을 잘하고 입을 열어 소리가 앞으로 잘 뻗어가기 때문이다. 말은 한다고 다 말이 아니다. 상대방이 알아들을 수 있어야 말이다. 더군다나 강사나 연사가 어물어물 말한다는 것은 있을 수 없는 일이다. 이야기의 소재가 많다고 말을 잘하고 강의를 잘하는 것이 아니다. 자기가 생각하고 있는 내용을 1:1 대화로 연습해 보면 상대가 바로 피드백을 해줄 수 있기 때문에 금방 알게 된다. 평범한 주제로 서로 대화를 해보자. 1:1, 1:2, 1:3…, 이렇게 차츰 늘려가다 보면 어느새 상대의 감정을 내가 느끼며 정확하게 전달한다는 것이 무엇인지 알 수 있을 것이다.

두려우면 하라!

나에겐 '유머강사', '유머 스피치아카데미 원장'이라는 직함 외에 또 하나의 수식어가 있다. 늦깎이 성악 전공 대학생이 바로 그것이다. 마흔 하고도 한 살이라는 그리 적지 않은 나이에 세종대학교 음악과 성악 전공으로 3학년 편입을 한 것이다. 기쁘고 행복했지만 그것도 잠시, 일주일에 한 번 하는 연주 수업시간. 6주차 순번이 되어서 성악이나 음악에 관해 문외한인 내가 음악대학 학생들이 지켜보는 가운데 독일 가곡과 아리아를 연주(성악 전공자들은 소리가 악기이기 때문에 다른 악기와 마찬가지로 연주라고 한다)했다.

무대에 오르기 전까지 며칠을 연습하고 혼자 웅얼거리고, 악보도 보고 들어 보기도 하고 가사 까먹는 꿈도 꾸고…, 얼마나 안절부절했는지 모른다. 다른 학생들은 자기 차례가 되어도 그리 안절부절하지 않았다. 그들과 나의 차이는 오직 하나! 그들은 오래 전부터 평소에 연습해 오던 곡 중에 두 개를 하면 되고 그게 일상이었으니까…. 나는 편입하기 고작 6개월 전에 일주일에 두 번 레슨을 받고 들어갔으므로 아는 곡도 없고…, 핑계 같지만 격차가 실로 엄청

났던 거다. 정말 자면서도 노래를 부르며 잤다. 전철에서도 흥얼거리는 나를 미친 사람처럼 대하는 눈초리도 받았다. 그러나 나는 잘하고 싶었다. 드디어 무대에 섰다. 연주가 끝나고 박수소리와 함께 'Brabo!! Brabo!!' 하는 소리가 터졌다. 아리아를 하다가 중간에 세 단어 정도 가사를 까먹어서 조금 얼버무리긴 했지만, 내 기량을 유감없이 발휘했다. 물론 배운 지 얼마 안 돼서 기량의 차이는 컸다. 그러나 나는 며칠, 아니 한 달 동안 두려워하던 그 일을 해냈다.

두려웠다. 하지만 해야 했고 잘하고 싶은 그 일을 하고 나니 신기하게도 두려움이 사라졌다. 다음엔 더 잘할 수 있을 것 같다. 더 이상 주눅 든 채 두려워하지 않을 것이다. 지금도 그때의 후련함과 뿌듯함이 느껴진다. 말하는 법과 유머를 맛깔나게 하는 법도 며칠간 연습해서 연주를 하는 것과 절대 다르지 않다. 모든 문제는 '두려움'이란 보이지 않는 사탄에게 있다. 내가 '두려움'을 '사탄'이라고까지 말한 이유는 두려움이 행복이나 존재감, 비전, 성취 등 우리를 성장시키고 행복하게 하는 모든 것으로 다가서지 못하게, 또는 자신을 비하하며 단정 짓게 만들기 때문이다.

'원래 웃지 않는 사람'은 없다. 또 '원래 유머를 못 하는 사람'은 없다. 단지 두려운 것이다. 누군가의 비웃는 시선이 느껴지고, 창피 당할까봐 두렵고, 못 할까봐 두렵고, 안 웃을까봐 두렵고, 두렵고, 두려운 것이다. 이상하고 냉정하게 들릴지 모르지만 이것만은 알아두자. 솔직히 다른 사람은 당신에게 관심이 없다!! 이제 두려움이 조금 사라져 가는가?

그러면 시도하라.

창피 당할까봐 두려워하지 말고,

못 할까봐 두려워하지 말고,

안 웃을까봐 두려워하지 말고,

입을 열어라.

당신은 충분히 잘할 수 있다. 이미 당신은 두려움 따위에 매몰되어 한 발짝도 나가지 못하는 사람이 아니기 때문이다.

유머
능력자
따라잡기 [실전편]

두번째, 코스

02

유머에 먹히지 말고 유머를 삼켜라!

유머 능력자 따라잡기 실전 편

유머를 잘 구사하려면

첫째, **하고자 하는 '유머를 분석하여 충분히 숙지하라.'**

다른 사람에게서 들었을 때는 재미있고 실컷 웃었는데 막상 하려면 어색하다. 들어서 웃는 것과 유머를 구사하는 것은 다르다. 짧은 넌센스 퀴즈 같은 유머는 상관없지만, 제법 내용이 있는 다섯 줄 이상 정도의 유머를 말할 때는 그 유머의 상황, 등장인물, 성격, 말투 등을 고려하고 분석해야 한다.

둘째, **'그림을 그리듯이 전달하라.'**

상대에게 그림을 설명하듯이 눈앞에 보이도록 말하는 데는 조금의 연기나 적당한 목소리 톤도 중요하다. 때문에 말의 뒤끝을 흐리게 되면 미완성의 그림을 보여주는 것과 다름없다. 유머를 말하는 것은 "여기에 산이 있고 여기에 나무가 있다."라고 하는 것처럼 자신이 알고 있는 그림을 설명해주는 것과 같다.

셋째, '호흡을 조절하라.'

소설이나 영화에는 발단, 전개, 절정, 결말의 구성이 들어 있다. 그 방식과 똑같이 유머를 말할 때도 클라이맥스(절정) 부분에서는 적당한 긴장을 주고 터뜨려야 한다. 유머를 말할 때의 핵심은 적당한 호흡 조절과 클라이맥스까지의 긴장감 유도다. 그리고 마지막에 빵 터뜨리는 기교, 한 마디로 말의 예술이다. 말하기 전에 자기가 먼저 웃는다든지, '제가 진짜 웃기는 얘기 하나 해드릴까요?'라는 말로 긴장감을 떨어뜨리는 것은 실패의 주된 요인이다. 일단 잘하고 싶은 유머 하나를 선택해서 10번 이상 해보기를 권한다. 실패해도 실패가 아니다. 지금 점점 나아지고 있는 것이다.

넷째, '자신이 말하는 것은 자신이 130% 이상 숙지하라.'

자신이 완전히 이해하지 못한 유머는 전달력이 떨어진다. 어디서 유머를 보았거나 들었다고 누구나 그 사람처럼 똑같은 포스로 전달할 수는 없다. 여기에 기술이 수반된다. 그 기술력은 '반복'이다.

다섯째, '청강자의 관심사, 가치관과 공감을 형성하라.'

골프를 한 번도 쳐보지 못한 사람에게 골프에 관한 유머를 하는 것은 실패의 지름길이다. 그래서 정치가 답답할 때 국회의원이나 대통령에 관한 유머를 말한다든지, 누구나 부부관계가 평탄치만은 않기 때문에 부부 유머 같은 것이 공감을 사는 이유가 그 때문이다. 성에 관해서는 금기시되지만 끼리끼리 웃고 만다. 그러나 조심해야 할 것은, 성에 관한 유머를 공개석상에서 하는 것은 절대 피해야 한다. 바로 웃음을 유도할 수는 있지만 나중에 피드백이 나쁘고 수준이 낮아 보인다.

청강자와 공감되지 않는 유머는 '목적이 있는 유머 말하기'에 실패한 것이다. 이처럼 어렵다. 그렇기 때문에 배워야 한다. 이제는 말을 조리 있게 하고 유머를 유머러스하게 하는 것이 커다란 경쟁력이다.

유머를 읽지 말고 유머를 말하라

재미있게 들었는데…, 유머 책에서 보고 엄청 웃었는데…, 그때는 진짜 배꼽 빠지는 줄 알았는데…. 왜 내가 다시 하면 재미가 없지??

재미있음과 재미없음의 경계는 '실감'이다. 청강자들이 빠져들게 말해야 하는 것이다.

첫째, 두려워하지 말고 '천천히' 말하라.

혼자서 달려가지 말고 그들의 호흡과 같이 가라. 자기만 재미있다고 신나게 달리지 말고, 청강자들의 눈을 살피며 함께 가라. 그들이 거기까지 이해한 것 같으면 그때 다시 한 걸음을 떼어라.

둘째, 내가 그 사람인 것처럼 말하라.

유머 책이나 TV에서 본 내용을 내가 누군가에게 이야기해줄 때는 구어체로 해야 한다. 즉 말하듯이 내가 그 사람이 되어 말해야 한다는 것이다. 유머를 글로 쓸 때는 그 맛이 나게 글로 표현

하는 법이 있지만, 그것을 그대로 읽듯이 사용했다가는 재미 상실이다. 또 듣고 정말 재미있는 유머를 내가 다시 말할 때는 순전히 나의 언어로 해야 한다. 또한 분위기, 상대의 집중도도 무시할 수 없다.

셋째, 적당하게 숨 고르기를 하라.

모든 유머에는 마지막에 한 방 때리는 펀치라인이 있다. 그 부분에 가서는 지금까지 긴장되었던 모든 것을 빵 하고 터뜨릴 만큼 위력과 순발력이 있어야 한다. 글로 읽을 때 말줄임표(…)가 있는 부분은 잠깐 쉬는 것이다. 기대하도록 말이다. 이 숨쉬기, 호흡, 기대감이 없으면 웃지 않는다. 아니, 청강자들이 생각하고 웃어야 할 시간을 빼앗아버려서 순간 어리둥절하게 만들고 만다. 마지막 펀치라인이 나오기 직전에 잠깐 쉰다. 함께 그곳으로 빠져드는 것이다.

유머에 실패하는 대부분의 유형

'제가 진짜 재미있는 이야기 해드릴까요?'

'그때 뭐라고 했을까요?'

장황하게 설명하거나 먼저 웃어버리는 경우.

이런 말들은 유머를 말할 때 실패를 담보하는 최상의 언어와 행위이다. 내가 아는 한 교수님이 계시는데, 그분이 하는 말은 재미가 없다. 아니, 재미가 없다기보다는 무슨 말을 하는지 모르겠다. 그분이 이야기를 하면 다들 옆 사람을 보며 이렇게 말한다.

"뭔 얘기야??"

그분은 말을 하다가 어떤 재미있는 일이 생각나면 먼저 쿡, 하고 웃는다. 그리고는 어김없이 이렇게 말한다.

"얘들아, 내가 재미있는 얘기 해줄까?"

그리고는 웃으며 말을 한다. 우리는 재미가 하나도 없는데…. 일단 유머를 말하는 사람이 웃으면 끝이다. 개그맨들이 어디 개그를 하면서 웃던가? 심각하게, 진지하게, 빠르게, 그러나 호흡을 유지하면서 끝까지 가야 한다. 그것이 유머 말하기이다. 또 듣는 사람들의 이해를 돕는다고 너무 장황하게 설명하면 안 된다. 설명하는 동안 이미 긴장감과 기대감은 무너지고 사람들은 딴 생각을 하기 시작한다.

유머 중에 1.5와 2에 관한 '숫자나라'라는 유머가 있다.

숫자나라가 있었다. 이 나라에서는 작은 숫자가 큰 숫자에게 '형님' 하면서 인사를 해야 한다. 어느 날 매일 만나기만 하면 인사를 하던 1.5가 자신보다 큰 숫자인 2가 지나가는데도 거드름을 피우며 뻣뻣이 서서는 인사를 안 하는 것이 아닌가! 이에 격분한 2가 따져 물었다.

"아니, 1.5! 너, 머리 컸다. 어디서 인사를 안 해?"

그러자 1.5가 말한다.

"나, 점 뺐어!!"

이렇게 간단히 끝날 유머를 너무도 장황하게 설명하는 사람을 만난 적이 있다. 그분이 이야기했던 내용을 옮겨보자면 다음과 같다.

일단 웃고 난 뒤, 어김없이 "제가 재밌는 유머 하나 해드릴게요." 라고 말한 후.

"숫자나라가 있었는데요. 그 나라에서는 큰 수한테 작은 수가 인사를 해야 했대요. 예를 들어 10이 있고 8이 있으면 8이 작고, 10이 크잖아요? 그럴 때 8이 10한테 인사를 해야 되는 거예요."

그러면서 계속 몇 가지의 예를 들고 난 후에 유머를 하기 시작했다. 그리고는 펀치라인을 날리는 마지막에 회심의 한 마디.

"1.5가 2한테 뭐라고 했게요?"

그리고 한참을 더 물었다.

"잘 모르시겠죠?"

그 유머의 실패는 자명했다. 위에 유머를 말한 사람은 '유머 스피치'의 실패 요인을 두루 갖춘 사람이었다. 그 요소를 분석해 보자면,

첫째, 상황을 장황하게 설명하는 유형.

이런 유형은 상대가 나의 유머를 이해 못 할까봐 걱정하는 마음이 앞서서 그렇다. 이해시키려고 설명을 하다 보니 긴장감이 떨어지는 것이다.

둘째, 마지막 숨 고르기에 실패.

마지막에 잠깐 쉬지 않거나 '뭐라고 했게요?' '잘 모르시겠죠?'라고 물어보면 상대는 언제 웃어야 할지 타이밍을 놓친다. 기대감이 무너진 것이다.

셋째, 자신감 없는 말투.

사랑한다고 고백할 때도 자신감이 없으면 믿음이 약해진다. 똑같다. 자기가 먼저 웃어버린다거나 자신감 없는 말투는 곤란하다. 겉으로는 말하지 않더라도 '이거 한 방이면 너희들은 다 죽었어!' 하는 마음으로 해야 한다. 이런 부분이 유머 말하기의 실패 요인이다.

유머러스하게 말을 하려면 무엇이 필요한가요?

결론부터 말하자면 '감정이입'과 '공감능력'이다. 한 마디로 오감이 열려 있어야 한다. 평소에 아무 데서나 툭툭 말을 쉽게 던지고 받아치는 사람은 대부분 '공감능력'이 뛰어난 사람이다. 공부하는 머리가 아닌, 감성의 뇌가 발달해야 한다.

말을 재치 있게 하는 사람은 그렇지 못한 사람들이 봤을 때 기막히게 절묘한 타이밍에 웃음을 빵 터트린다. 그리고 그 속도도 순식간이고 서로를 기분 좋게 만들어준다. 그렇게 될 수 있는 요인이 바로 '공감능력'이다. 이런 사람이 말도 잘하고 늘 대화의 중심이 되며 인기도 높다. 그러면 이런 사람은 타고 나는 것일까. 물론 타고 나는 걸 무시할 수는 없다. 그렇지만 희망적인 것은, 노력하면 어느 정도까지는 가능하다는 점이다.

유머 스피치를 배우러 오는 이들 가운데 욕심이 지나치다 할 정도로 대단한 사람들이 있다. 이걸 배우면 금방 유머러스하게 말할 수 있으리라고 생각한다. 그리고 유머 책이란 책은 모조리 섭렵하려 든다. 그러나 그건 아니다. 유머를 잘하는 사람은 유머 책을 봤다고 된 것이 아니다. 솔직히 '이것만 하면 당신도 유머 고수!'라든가 '생각을 뒤집어라.' 하는 말들은 하기 좋은 말이다. 어떻게 뒤집으란 말인가!

공감능력이 뛰어나다는 것은 상대의 기분을 직감하는 능력이다. '공감능력은 곧 알아주기 능력'이다. 개그맨이나 유머러스한 사람은 흔히 머리가 좋다고 한다. 물론 IQ가 높기도 하지만 EQ(감성지능)가 높은 것이다. 감성지능이 높은 사람은 상대의 필요나 기분을 직감하고 나의 대처를 빠르게 감지할 수 있다. 한 마디로 더불어 잘 살 수 있는 기술이다. 또 순발력, 재치, 위트, 유머는 유머 책을 본다고 잘하는 것이 아니라, 잘 듣고 잘 관찰하고 사고하는 능력에서 비롯된다. 말을 할 때도 누가 하면 재미있고 누가 하면 재미가 없다. 그것은 말을 하면서 전해오는 상대의 풍부한 얼굴 표정이나 말투에서도 기인한다.

이제는 무슨 일을 하든지 재미있게 말할 수 있는 사람이 대접을 받는다. 내가 말할 때 상대가 기뻐하며 웃는다면 이보다 행복하고 즐거운 일이 있겠는가.

유머 말하기의 3요소
동작, 표정, 말투:
온몸으로 연기하라!

내가 잘 아는 분 중에 별명을 '옆구리'라고 지어드린 분이 있다. 그분이 했던 유머.

어떤 사람이 전철을 타고 졸면서 가다가 "이번 정차할 역은 잠실, 잠실역입니다."라는 말에 깜짝 놀라 일어났다. 그리고는 옆 사람의 옆구리를 찌르며 물었다.

"아줌마! 여기가 어디예요?"

"제, 옆구린데요!"

그분은 물론 말도 잘했지만 맨 마지막에 '제 옆구린데요.'라는 말을 할 때 자기의 옆구리를 찌르는 시늉을 하며 말을 했다. 결과는 폭소. 그의 동작과 말투가 리얼하게 청중의 마음에 와 닿았던 것이다.

보기 1

미국 아이 세 명이 아버지 자랑을 했다.

첫째 아이가 우리 아빠는 훌륭한 변호사다. 그래서 사람들이 'Oh, my lawyer!'라고 그런다.

둘째 아이가 약간 비웃으며 "야! 우리 아빠는 한 지역의 왕이야. 그래서 사람들이 'Oh, my king!"이라고 그런다~~~."

세 번째 아이가 가소롭다는 듯 혀를 차며 하는 말.

야! 우리 아빠는 키가 150cm고 몸무게가 150kg이다. 그래서 사람들이 우리 아빠만 나타나면…,

'Oh, my god!!'이라고 해!!

이 유머의 포인트는 영어 발음의 오버(과장)와 맨 마지막 'Oh, my god!!'의 오버에 있다. 'Oh, my god!!'을 할 때는 자신이 놀라 자빠지는 것처럼 시늉을 하면 더욱 리얼하다. 실제 키 작고 뚱뚱한 사람이 앞에 있는 것처럼 하면서 말이다. 한 번 연습해 보시길.

보기 2

온몸이 아프다며 어떤 사람이 병원에 갔다.

의사 어디가 어떻게 아프신가요?

환자 (손가락으로 온몸 구석구석을 찔러 보이며) 여기도 아프고요, 요기도 아프고요. 손가락으로 누르는 곳마다 다 아파요!!

(한참을 진찰하던 의사가 씩 웃으며)

의사 손가락이 삐었습니다!!

이 유머를 하려면 어떻게 해야 할까?

책이나 인터넷에서 유머를 보고 막상 다른 사람에게 하려고 하면 그때의 맛이 나지 않는다. 유머를 읽지 말고 연기하며 말하라. 얼굴 표정도 온몸이 아픈 사람처럼 하고 손가락으로 자기의 몸을 여기저기 찌르는 시늉까지 하면 100점!

보기 3

한 아주머니가 개를 안고 버스에 올랐다. 버스는 붐볐고, 사람들은 짜증이 나 있는 상태. 개가 깨갱깨갱 하며 짖었다. 개 주인이 개를 보며 말하길,

"아이고, 내 새끼, 그래 멀미 하나보구나? 금방 내리니깐 조금만 참아."

그 광경을 지켜보던 사람들은 하나같이 어이없어 하는 눈짓이었다. 그때 한 아저씨가 못 참겠다는 듯,

"거, 개새끼 좀 조용히 시키쇼!"라고 말하자,

아주머니가 눈을 부라리며 하는 말

"이게 무슨 개새끼예요? 내 새끼지!!"

그때 옆자리에 있던 아주머니가 안 됐다는 표정을 지으며

"아이고! 어쩌다 개새끼를 낳았어요! 사람 새끼를 낳아야지!"

조금 긴 문장의 유머를 할 때는 특히 연기가 필요하다. 내가 그 사람이 되어 연기를 하면 실감이 나게 마련이다. 아저씨가 소리를 지르는 장면에선 삿대질을 해가며 눈을 부라리고 언성을 높여서 말해야 제 맛이 난다. 마지막에서 아주머니는 안 됐다는 표정과 말투여야 어울린다. 맛이 난다는 것은 전달만 하는 것과는 차원이 다르다.

유머를 잘하는 사람과 조금 유머의 맛이 덜 느껴지는 사람을 보면 다른 점이 있다. 한 마디로 연기력이라고도 하지만, 이것이 내가 말하는 '성공적 유머 말하기의 3요소'의 근간을 이룬다. 대개의 사람들은 노래할 때 잘하려고 하면 힘이 들어간다든지 박자를 놓친다든지 해서 실패하는 경우가 종종 있다. 유머도 마찬가지. '웃겨야 되는데.' 하는 불안 섞인 기대감이 자기도 모르게 자신을 경직시킨다. 골프를 하건 노래를 하건 간에 힘이 들어가서(경직되어서) 유익한 경우는 거의 없다.

사람은 뇌 속에 '거울신경 세포'라는 것이 있다. 거울을 보는 것과 마찬가지로 상대방의 표정이나 동작을 따라하려 하는 것이다. 곁들여 말하자면 이 거울신경 세포 때문에 상대와 이야기할 때 상대의 표정과 몸동작을 상대가 의식하지 못하도록 따라하면 호감도와 협상력을 높일 수 있다.

이와 같이 유머를 잘하려면 동작, 표정, 말투를 잘 활용해야 한다. 표정이 풍부하고 말투가 사실적이면 듣는 사람은(거울신경 세포 때문에) 자신도 모르게 화자를 따라하게 된다. 그러면 거기에서 '호감'이 형성되고 빠져들어 '공감'으로 이어지는 것이다. 먼저 유머를 분석하고 최대한 풍부한 연기력으로 유머를 말한다면 당신은

'어디서나 즐거운 자신감'의 소유자가 된다. 생각만 해도 즐겁지 않은가? 내가 유머를 말할 때마다 사람들이 배꼽 잡는 모습을 상상하면? 반복해서 안 되는 것은 거의 없다. 실패를 두려워하지 말고 더 풍부한 동작, 표정, 말투로 유머를 연기하라.

누구나 알고 싶은 유머로 말하는 법: 문어체를 구어체로

세상에서 가장 빠른 새는? 눈 깜짝할 새.

더 빠른 새는? 어느 새.

어느 새보다 더 빠른 새는? 금새(금세).

이건 다 아시죠?

그런데 어느 날 눈 깜짝할 새, 어느 새, 금새에게 물어보았어요.

그렇게 빨리 오면서 무얼 보고 무얼 느꼈니?

그러자 하는 말.

"글새(쎄)??"

이 유머는 누구나가 가능한 퀴즈 형식의 유머다. 유머 스피치아카데미에서 늘상 겪는 일이지만, 재미있게 듣거나 보았던 유머도 막상 앞에 서서 하라고 하면 앞뒤가 바뀌고 쓸데없는 군살들이 유머에 들러붙어서 부담스러워진다. 유머강사 과정의 경우 필자인 내가 직접 유머를 해주고 한 사람씩 나와서 그대로 해보는 식으로 진행

한다. 내가 방금 시범을 보였는데도 유머를 하는 방식이 사람마다 다르다. 그래서 더욱 창조적이고 재미가 있기는 하다.

위의 유머를 강단에 서서 자신이 강사가 되어 말한다고 해보자. 어떻게 말하겠는가? 흔히들 유머에 실패하는 이유가 문어체로 쓰인 유머를 구어체로 전환하는 데서 비롯된다. 읽을 때나 다른 사람이 했을 때는 그럴싸한데, 막상 자기가 말을 하려면 그 맛이 안 난다. 하지만 여기서 제시하는 규칙을 따라하게 되면 어느 정도 맛이 살아난다.

일반적인 유머보다 유머퀴즈는 특별한 기교가 필요치 않기 때문에 초보자(?)들이 도전할 만하다. 문어체로 쓰인 유머퀴즈를 구어체(말하는 것처럼)로 전환해서 다시 써보겠다.

여러분! 이 세상에서 가장 빠른 새가 뭘까요?

(대답을 하면 물론 좋지만 대답을 하지 않더라도)

그렇죠?! 눈 깜짝할 새죠?

음, 그러면 눈 깜짝할 새보다 더 빠른 새는 뭘까요?!

그렇죠?! 어느 새죠?!

그렇다면, (잠시 쉬고) 어느 새보다 더 빠른 새는 뭘까요?

그렇죠?! 금새(금세)입니다.

그런데 어느 날 눈 깜짝할 새, 어느 새, 금새가 그렇게 빠르게 세상을 달려 하늘나라에 갔어요. 그래서 하나님이 눈 깜짝할 새, 어느 새, 금새에게 물어보았어요.

그렇게 빨리 오면서 무얼 보고 무얼 느꼈니?

그랬더니 하는 말?

(머리를 좀 긁적이며) “글새(쎄)??”

퀴즈로 된 유머를 할 때 범하기 쉬운 잘못은, ‘뭘까요?’라고 물은 후 청중에게서 답이 나올 때까지 기다리는 것이다. 답이 나올 때까지 ‘뭘까요?’ ‘모르시겠죠?’ ‘왜, 말씀을 안 하세요?’ 등 시간을 끌며 답이 나오기만을 기다린다. 이런 행동이 실패의 가장 큰 요인이다. 그럴 때는 말이 나올 때까지 기다리지 말고, 마치 어느 쪽에서 누군가 답을 말한 것처럼 ‘그렇죠?’라고 추임새를 넣어주면 효과가 배가된다. 말로 할 때는 듣는 이들로 하여금 긴장감을 계속 유지하도록 하는 것이 중요하다. 그래서 굵은 글씨로 써놓은 ‘그렇죠? 그러면, 그렇다면’이라는 말이 필요한 것이다. 이 접속사는 유머를 할 때나 평소 말을 할 때도 추임새 같은 역할을 해서, 흥이 나고 긴장감을 갖게 함으로써 대화나 유머에 빠져들게 만든다. 중요하니 돼지꼬리 하시고 한 번 그대로 써먹어 보시길.

유머 말하기 특강

유머의 맛을 살리는 기술은 호흡과 리듬감이다. 단답형의 퀴즈나 한 줄로 된 유머는 누구나 가능하지만, 내용이 있고 긴장감을 유지하며 나가야 하는 유머는 좀처럼 맛깔스럽게 말하기가 힘들다. 유머 책이나 남에게 들었을 때는 재미있었는데 내가 하면 재미가 반감되는 이유는 모두 '호흡과 리듬감의 부재'에서 비롯된다. 노래할 때도, 말할 때도 강조해야 할 단어가 있고 빠르게 넘어가도 될 부분이 있듯이, 유머도 마찬가지다. 그러면 몇 가지 유머의 유형에 따라 예를 들어 코칭과 함께 연습해 보자.

삼순이의 슬픔

삼순이는 이름 때문에 어려서부터 놀림을 받았다. 어느 날 이름 때문에 또 놀림을 받고 울면서 택시를 탔다.

택시기사 "아, 무슨 일 있어요? 다 큰 처자가 왜 길에서 울고 다녀요?"

삼순이　　"글쎄 사람들이 자꾸 제 이름 가지고 놀려요. 저는 그
　　　　　게 평생 스트레스고 힘들거든요."

그러자 택시기사가 말하길,

"이름이야 뭐 아무렴 어때? 삼순이만 아니면 되지!"

유머 말하기 tip

대부분의 유머는 마지막에 펀치라인이 있다. 그렇다고 내용 설명이 없이 열심히 펀치라인으로만 달려가면 듣는 사람들이 어리둥절하게 마련이다. 삼순이가 우는 시늉을 해도 좋고 택시 기사가 울고 있는 삼순이를 보며 안 됐다는 표정을 지어 보는 것도 괜찮다. 연기력이 뒷받침되면 유머가 살아난다. 펀치라인 전까지는 빠르게 전개를 하되, '그러자 택시기사가 말하길'에서부터는 천천히 브레이크를 밟아주고 잠시 숨을 몰아쉰 뒤, "이름이야 뭐 아무렴 어때!" 하고 나와야 된다. 여기서 주요하게 강조해야 할 단어는 '삼순이' '이름' '놀림 받다'이다.

~하고 싶구나!

부모대화법 프로그램에 다녀온 영식이 엄마. 옆집 현서 엄마한테 조언이랍시고 하는데.

"현서 엄마, 아이들한테 아무리 화가 나더라도 이렇게 말해야 된대. 아~, 현서가 사탕이 먹고 싶구나! 아~, 현서가 더 놀고 싶구

나! 하면서 아이의 마음을 공감해 주어야 한대. 그래야 아이들 인성발달에 좋대."

(그럴듯한 현서 엄마 고개를 끄덕이더니 즉시 집에 가서 실천한다)

다음날 만난 두 엄마.

"어~, 그거 효과 좋던데~~~."

"그렇지? 어떻게 했어??"

"아~, 현서가 맞고 싶구나! 아~ 현서가 죽고 싶구나!"

유머 말하기 tip

유머는 부지불식간에 해야 제 맛이 난다. 이런 종류의 유머는 아이들 이야기를 할 때나 어린 아이들을 둔 부모들과 대화할 때 쓰면 좋다. 약간 과장되고 자기가 잘 아는 어느 엄마들의 이야기를 실제 일인 것처럼 시치미를 뚝 떼고 말할 때 빛을 발한다. 마지막에 펀치라인을 말할 때는 능청스럽고 아이들이 정말 지긋지긋하게 꼴 보기 싫다는 표정을 지으며 말하면 공감 백배다.

빠른 진급

멋진 젊은 신입사원 하나가 혜성처럼 등장하더니 입사 3개월 만에 대리, 6개월 만에 과장, 부장, 그리고 1년 만에 이사가 되었다. 그는 전 직원의 선망의 대상이었다. 어느 날 회장이 그 유능한 사원을 불러 말했다.

"자네는 우리 회사의 기둥일세! 자네만 믿네! 앞으로 더 열심히 최선을 다해 주게?!"

그러자 그 믿음직한 젊은 이사는 대답했다.

"알았어, 아빠!!"

유머 말하기 tip

다른 유머보다 빠른 전개가 일품인 유머다. 사람들은 당신이 이 유머를 빠르게 말하면 속으로 생각한다.

'도대체 어떤 사람이기에 이렇게 승진이 빠른 걸까?'

앞부분에서 너무 지루하게 상황 설명을 해서 주위를 딴 곳으로 돌리게 하면 안 된다. 급하게 '그러자 믿음직한 젊은이가 대답했다'까지 몰아간 후, 마마보이나 아이 같은 표정과 말투로 '알았어, 아빠!!'라고 하면 효과적이다.

아내의 속마음

암에 걸려 투병 중인 남편 곁에서 아내가 친척에게 편지를 쓰고 있었다.

남편 "여보! 나 이제 가망이 없겠지?"

아내 "그게 무슨 소리예요? 당신은 나을 수 있어요. 희망을 가지세요."

남편 (아내의 말에 감동하여) "그, 그래! 고마워! 나 병 다 나으면 우리 여행 갑시다."

아내 "그래요, 여보!! 근데 여보! '장례식' 할 때 '장'자 한문으로 어떻게 써요?"

유머 말하기 **tip**

슬픈 상황이다. 그러나 유머는 슬프게 끝나지 않는다. 너무한 표현 같지만 이 시대의 억압받는 아내들의 마음을 대변하는 유머 같으니 말이다. 처음부터 말미까지는 안타깝고 희망에 찬 어조로 말하고, 펀치라인에서는 아무 생각도 없는 것 같은 표정과 말투로 마무리하면 깔끔하다.

원숭이? … 원두막???

할머니가 경로당에서 '원두막' 삼행시를 들었다.

원 "원숭이 엉덩이는 빨~개."

두 "두 짝 다 빨~개."

막 "막 빨개."

할머니는 너무 재미있어서 손자들에게 해줘야겠다고 생각했다.

집에 돌아온 할머니, 손자들을 모아놓고 삼행시를 하려는데 원두막이 갑자기 생각이 나질 않았다. 오면서 까먹어버렸다. '뭐더라~? 뭐더라~~?' 한참을 생각하다가,

"아, 알았다! 그래, 원숭이다, 원숭이! 운을 떼봐?"

원 "원숭이 엉덩이는 빨~개."

숭 "숭 하게 빨개."

이 "이게 아닌데…!?"

유머 말하기 tip

이야기가 있는 삼행시로 된 유머가 두 개다. 당연히 뒤에 오는 '원숭이' 삼행시가 펀치라인인데, 청강자들은 앞부분에서 한 번 웃음을 터트린다. 그렇다면 뒤에서도 웃음을 유발하려면 어떻게 해야 할까? 사람들의 웃음이 채 가시기 전에 "그런데!! 할머니는 이 원두막 삼행시를 손자들에게 말해주려고 급하게 달려갔어요!" 라고 바로 상황의 전환을 알리며, 웃음이 채 가시지 않은 사람들에게 '원숭이' 삼행시의 운을 띄우라고 말해야 한다. 그리곤 '이게 아닌데!!' 할 때는 자신의 머리를 긁적이는 모습까지 보이면 굿!

감사히 먹겠습니다!

사오정이 유치원에서 배웠는지 식사 때마다 "감사히 먹겠습니다!" 하고 나서 식사를 시작했다. 사오정의 부모는 그런 사오정이 대견했다. 그런데 어느 날 사오정 엄마가 너무 바빠서 반찬을 두 가지만 식탁에 올렸다. 그러자 반찬을 한참을 바라보던 사오정이 입을 열었다.

"간신히 먹겠습니다."

유머 말하기 tip

6장에서 언급했듯 문어체의 유머를 구어체로 바꿔서 말해야 하는 것은 상식일 것이다. 유머를 할 때는 내가 그곳에 있는 것처럼, 내가 당사자인 것처럼 해야 한다. 대부분이 유머를 해보라고 코칭 때 시켜보면, 앞부분의 '감사히 먹겠습니다!'라는 표현은 씩씩하게 하고 '간신히 먹겠습니다!'는 힘없이 한다. 그런데 그렇게 하는 것은 이 유머를 올바르게 해석하지 못한 까닭이다. 뒷부분의 '간신히 먹겠습니다!'를 더 크고 발랄하게 해야 맛이 난다. 어머니에게 '이거 가지고 어떻게 먹으란 말이야?'라는 느낌을 주기 위해서이다. 감이 좀 오는가?

당돌한 아들

엄마 "애!! 엄마가 준 돈 삼키면 어떻게 해!"

아들 "엄마가 '이게 오늘 네 점심이다!'라고 했잖아요?"

아들 "아버지, 좋은 소식이 있어요."

아버지 "그래? 그게 뭔데?"

아들 "제가 이번 시험에서 A+ 받으면 상금으로 50만원 주시기로 하셨잖아요?"

아버지 "그랬지."

아들 "그 돈 아버지 쓰세요!"

유머 말하기 tip

제법 짧은 유머이다. 첫 번째 유머는 말로 하기에 적합하지만, 아래의 유머는 글로 쓰인 것이 더 재미있다.

위의 유머를 말로 하자면 "아이가 엄마가 돈을 줬는데 그 돈을 꿀꺽 삼켜버린 거예요. 엄마는 깜짝 놀라서 '아니! 얘!! 엄마가 준 돈을 삼키면 어떻게 해?'라고 했더니, 엄마가 돈 주면서 '이게 오늘 네 점심이다!'라고 했잖아요?" 하고 빠르게 말하면 끝이다.

그에 반해 아래의 유머는 재미는 있으나 말로 표현하기가 애매하고 자칫 '뭐라고 했게요?'라는 말이 따라올 수 있기 때문에 말하는 유머로는 적합하지가 않다.

유머를 보면 덮어놓고 따져라

책이나 인터넷에서 본 유머를 느낌으로 잘 전달하기 힘든 이유는 웃기는 느낌이나 부분만 생각할 뿐 머릿속에서 정리가 되지 않았기 때문이다. 위에서 언급한 유머지만 좀더 익숙한 유머로 연습하는 것이 나으므로 '1.5와 2'의 유머를 이용하여 유머를 분석하는 연습을 해보자. 괄호 안의 글은 유머를 상황별로 분석하며 흐름을 파악하는 패턴이다.

1. 숫자나라 (숫자나라가 있었다)
2. 상황 설명 (이 나라에서는 작은 숫자가 큰 숫자에게 '형님' 하면서 인사를 해야 했다.)
3. 1.5와 2의 에피소드
4. 그러던 어느 날 (반전!! 1.5가 자신보다 큰 숫자인 2에게 인사를 하지 않았다! "아니, 1.5! 너, 머리 컸다. 어디서 인사를 안 해?")
5. 점 뺐어!!

유머를 보면 '아, 이게 이런 유머구나.' 하면서 정리하는 작업이 필요하다. 여기서 '그러던 어느 날'이란 말은 '지금 반전이 시작되니 너희들은 웃을 준비해!'라고 하는 기대감의 증대와 예비 구령 같은 역할을 한다. 다른 유머를 하나 덮어놓고 따져보자.

1. 상황 설명 (대통령이 유치원을 방문했다.)
2. 아이들과 대통령의 반응

아이들 "야~, 대통령 할아버지다~."

대통령 (신기해하며 다시 확인 차) "와~, 너희들 내가 누군지 아니?"

아이들 "네~, 우리나라 대통령이요~."

대통령 (아이들의 반응에 고무되어 레벨을 높이는데…) "그럼, 너희들 내 이름도 아니?"

아이들 "네!"

대통령 (흐뭇하고 기대에 찬 목소리로) "그래? 뭔데?"

3. 한 박자 쉰 뒤 얼굴을 찌푸리고 손가락질을 하며,

아이들 "저 새끼요~~."

유머를 만나면 일단 따지고 들어라.

유머를 이용한 3분 스피치 분석 요령

3분 스피치를 할 때 주의해야 할 점은 그곳에 모인 사람들의 관심사나 환경이다. 즉 공감이 되어야 한다는 말이다. 아래에 써놓은 유머는 어디서 사용해도 무방하다. 엄숙한 분위기에서 분위기를 전환하고 싶을 때 이 한 마디면 끝난다. 유머나 사물을 이용해서 짧은 시간 안에 강한 충격을 주면서(임팩트[impact] 있게) 자신이 하고 싶은 말을 하려면 원칙과 순서가 있다.

첫째, 유머를 분석하거나 사물의 특징을 파악한다.

둘째, 유머나 사물을 이용하여 자신이 말하고자 하는 주제어를 선택한다.

셋째, 의미를 부여한다.

넷째, 속담이나 격언, 명언, 내 이야기나 들은 이야기, 책에서 본 이야기를 끼워 넣는다. (이는 하지 않아도 무방하다.)

다섯째, 주제어를 확인하고 희망, 다짐 등의 표현으로 강조하며 마무리!

먼저 자기소개가 필요하다면 소개를 하고 난 뒤 유머나 사물을 이용해서 자신이 하고 싶은 말을 하라.

세탁소에 옷을 맡겼는데 때가 지워지지 않았다면 이건 어떤 때일까요?

… 세탁소 바꿀 때!!

이는 세계 어디에도 없는 내가 만든 유머이다.

이는 세계 어디에도 없는 내가 만든 유머입니다. 그렇습니다! 모든 건 때가 있습니다. 공부할 때, 잠잘 때, 쉴 때, 일할 때, 밥 때. 때를 알아차리는 것은 참 중요합니다. 사람들은 또 때를 놓쳤다고 후회합니다. 후회만 합니다. 그러나 나는 '때'는 자신이 느끼고 알아차릴 그때가 진정 꽉 찬 때라고 생각합니다. 정말 하고 싶은 그때. 그러면 그때 에너지가 나옵니다. 늦은 나이지만 참 열심히 공부하거나 잊고 살았던 자신의 꿈을 이루려 도전하는 사람을 보면 아름다워 보입니다. 그때가 할 때입니다. 늦었다고 늦은 게 아닙니다. 한 번 사는 인생, 멋지게 살아보지 않으시겠습니까?

누군가가 그러더군요. "가다가 못 가면 아니 간만 못하니라."가 아니고, "가다가 못 가면 간 만큼 이득이다!"라고. 가슴이 뜨겁게 달아오르는 그것을 하십시오. 뜨겁게 달아오르는 그때가 당신의 때입니다.

또 지금 우울하고 자신이 싫어지고 사는 게 힘듭니까? 그렇다면 당신은 지금 행복을 선택하고 결심할 때입니다. 멋있게, 폼 나게 삽시다, 눈치 보지 말고. 희망이 있어서 행복합니다. 지금이 바로 당신이 행복해질 절호의 '때'입니다.

위에 써놓은 글을 강단에서 사용하기까지의 과정을 살펴보자.

1. 유머를 분석하거나 사물의 특징을 파악한다.
(때에 관한 유머구나!!)
2. 자신이 유머나 사물을 이용하여 말하고자 하는 주제어를 선택한다.
(그렇다면 지금이 중요하다는 것을 말하면 되겠네.)
3. 의미를 부여한다.
(때를 알아차리는 것은 참 중요합니다. 그때가 할 때입니다.)
4. 속담이나 격언, 명언, 내 이야기나 들은 이야기, 책에서 본 이야기 등을 끼워 넣는다. (하지 않아도 무방하다.)
("가다가 못 가면 아니 간만 못하니라."가 아니고, "가다가 못 가면 간 만큼 이득이다!")
5. 주제어를 확인하고 희망, 다짐 등의 표현으로 강조하며 마무리!
(당신은 지금 행복을 선택하고 결심할 때입니다. 멋있게, 폼 나게 삽시다, 눈치 보지 말고. 희망이 있어서 행복합니다. 지금이 바로 당신이 행복해질 절호의 '때'입니다.)

유머에 의미 붙이기 연습

유머에 의미를 붙이는 것은 고차원적인 말하기 방식이다. 유머를 한 번 하고 웃고 만다면 별 의미가 없다. 자신이 하고자 하는 말 앞에 하는 유머 한 마디는 듣는 사람의 뇌를 맑게 해주고 자신이 하고픈 말을 좀더 효과적으로 전달하도록 도와준다. 다음과 같은 유머가 있다면 당신은 어떤 의미를 붙일 수 있을지 생각해보라.

고추장과 된장이 결혼을 했다. 첫날밤 고추장이 된장에게 할 말이 있다며 입을 열었다.

고추장 "저~, 사실은 저 수입고추에요."

된장 (약간 당황했지만) "뭐? 괜찮아. 수입이면 어떻고 국산이면 어때~."
(내친 김에 자기도 말을 해야겠다 싶던 된장)
"나도 고백할 게 있는데."

고추장 "뭔데요?"

된장　　"으응, 사실은, 나 똥이야!!"

누구나 숨기고 싶고 드러내기 꺼리는 아픔이 있다. 그러나 우리가 누구이고, 돈이 많고 적고, 어디 출신이고, 학벌이 어떻고, 또 무엇이면 어떤가? 중요한 건 지금 내가 어떤 생각을 하고 사는가이다. 인생을 해석하고 바라보는 태도가 곧 '나'다. 생각이 자신이다. 어차피 살아가는 삶의 여정 속에서 우리는 행복의 조각을 주우며 가야 하겠다. 힘들어도 웃으며 사는 것이 현명한 삶이다. 새해가 되면 '새해 복 많이 받으세요!' 라고 덕담을 나눈다. 이제 '매일 복 받으세요'로 바꾸자. 아니, "이미 받은 복을 잘 누리세요!"라고 말하자. 모두들 마음껏 행복을 누리자.

의미를 붙이기 위해서는 나의 생각이 정리되어 있어야 한다. 그러면 어떠한 유머를 만나도 두려움 없이 의미를 결합시킬 수 있다. 하고자 하는 말에 걸맞은 유머를 찾는 것이 아니라, 유머를 찾은 후에 끼워 맞추는 것이다. 명심!

좋은 글귀에 의미 붙이기 연습

유머에 의미를 붙여 말하거나 다른 글, 명언, 속담 등을 이용해서 의미를 붙여 말하는 방법은 매한가지다.

"마음의 유연성을 갖는 일과 시각을 바꾸는 능력은 서로 관계가 있다. 유연한 마음은 우리로 하여금 다양한 시각에서 문제를 볼 수 있게 한다. 또 거꾸로, 다양한 시각에서 객관적으로 문제를 살펴보려고 하는 것은 마음의 유연성을 키우는 훈련이 될 수 있다."

(달라이 라마, 『달라이 라마의 행복론』 중에서)

이 글을 책에서 보고 '참 좋은 글이다, 다음에 어디서 말할 때 써먹어야지.' 하고 생각했다면 몇 가지가 선행되어야 한다.

첫째는 이 글을 외우거나 적어 놓아야 하고,

둘째는 어디에서 사용할지를 정해야 하고,

셋째는 가장 중요한 의미 붙이기를 해야 한다.

그런데 대부분의 사람들이 이 적절한 의미 붙이기에 어려움을 느낀다. 그 이유는 말재주가 부족해서가 아니라 자신이 이 글을 몸소 느끼지 못하거나 이처럼 살지 않거나, 또는 자신에게 체득되지 않았기 때문이다. 말을 한다는 것은 나의 생각을 전달하는 것이다. 그 전달 과정에서 함께 떨어져 나가는 것이 바로 가치관이고 에너지다. 그 글과 말이 나가는 것이 아니라 자신이 나가는 것이다. 그래서 똑같은 글을 보고도 각기 다른 의미를 붙인다. 자신이 긍정적으로 바라볼 때 긍정이 보인다.

이 글에 굳이 의미를 붙이자면 이렇게 붙일 수 있다. 즉 유연한 마음은 부드러움에서 온다. 부드럽다는 것은 열려 있다는 뜻이다. 눈이, 생각이, 마음이 열려 있으면 보는 시각도 바뀐다. 시각을 바꾼다는 것은 자기 자리에서 남의 자리로 옮겨보는 것이며 보는 방향을 바꾸는 것이다. 내가 바라보는 시선을 바꾸면 모든 것이 달라 보이는 것과 마찬가지다.

유머러스한 스피치란 꼭 홍겹고 웃음만을 주는 것을 의미하지 않는다. 그 모임의 분위기에 어울리게 말한다는 의미 또한 지니고 있다. 가장 쉽지만 잘 안 되는 부분이 의미 붙이기이다. 인터넷에 떠도는 유머나 좋은 글귀 하나도 내가 어떻게 의미를 붙이느냐에 따라 전혀 새롭게 창조되고, 나 또한 멋지게 보이고 듣는 이들의 마음도 살린다.

두 개의 짧은 글을 예로 들어 보겠다. 이것은 참고사항일 뿐이다. 각자의 가치관이나 신념에 따라 얼마든지 다른 의미로 해석될 수 있다.

"인간의 아름다움은 12월 마지막 날, 연초에 결심했던 것들을 되돌아보며 '30%쯤 달성했군.' 하며 아쉬워하는 데 있다."

(린위탕, 『생활의 발견』 중)

주위를 보면 자신의 완벽하지 못함을 괴로워하는 사람들이 있다. 사람이 신이 아닌 이상 어떻게 완벽할 수 있을까? 완벽을 추구하며 주위 사람들까지 힘들게 하기보다는 이루지 못한 꿈과 여유와 유머와 웃음이 없음을 생각해 봐야 하지 않을까? 이런 요소들이 삶을 얼마나 풍요롭게 하는지 알면 더욱 그렇다. 『생활의 발견』에 참 재미있는 공식(?)이 나온다.

R-D=짐승　R+D=이상주의　R+H=현실주의　R+D+H=지혜

(R=현실　D=꿈　H=유머)

생각해봄 직한 공식이다.

"걱정의 40%는 절대 현실로 일어나지 않는다. 걱정의 30%는 이미 일어난 일에 대한 것이다. 걱정의 22%는 사소한 고민이다. 걱정의 4%는 우리 힘으로 어쩔 도리가 없는 일에 대한 것이다. 우리가 하는 걱정의 4%만이 우리가 바꿔놓을 수 있는 일에 대한 것이다."

(어니 젤린스키, 『모르고 사는 즐거움』 중에서)

한 마디로 걱정이라는 것은 그 100%가 쓸데없는 것이라는 뜻이다. 비가 와도 걱정, 날이 더워도 걱정…. 내가 아는 어떤 분에게 나

는 '걱정 대왕'이라고 별명을 지어 주었다. 그분에게 물어보았다.

"왜 그렇게 걱정하세요? 그것도 기술이에요. 정말 대단하세요!"

그랬더니 그분 말씀.

"아니~, 내가 지금 어쩔 도리가 없으니까 걱정이라도 해야지."

걱정한다고 세상 문제가 금방 해결되면 천만 번이라도 할 것이다. 안 그렇겠는가? 그러니 부질없는 걱정일랑 하지 말고 낙천적으로 살라. 신중함은 좋지만 지나치면 몸이 상한다.

이렇게 좋은 글귀의 뜻을 분석하고 의미를 되새기다 보면 어느 유머에도 의미 붙이기가 수월해진다.

따라잡기 [실전편]

세번째, 코스

03

유머 스피치, 성공의 비밀

유머 능력자 따라잡기 실전 편

연결되는 단어, 유머 순발력 멘트 화술의 진수

이미 있는 유머를 유머러스하게 말하거나 의미를 붙여 품위 있고 감칠 맛 나게 사용만 해도 유머감각이 넘치는 사람으로 인식되지만, 실생활에서 넘쳐나는 재치 있는 입담은 진정한 유머의 모태가 된다. 이번 장부터는 순발력과 위트 멘트의 기법과 사례를 통해 '유머 능력자 따라잡기'의 실전으로 들어가 보기로 한다. 순발력을 기르는 최고의 방법들을 소개하면 다음과 같다.

가장 먼저 소개할 스킬(skill)은 '잘 듣기'와 '연결되는 단어 활용기법'이다.

가족 간에 대화를 나누다 보면 유머 멘트가 엄청 많다. 어느 날 식사시간에 공부 얘기가 나왔는데 갑자기 아버님이 말씀 하셨다.

"예전에 너희 할머니께서 나에게 늘 하신 말씀이 있다."

(공부 얘기를 하다가 갑자기 할머니 얘기는 왜 하시나 의아해 하며)

"어떤 말씀인데요?"

"어디 가서 책잡힐 짓 하지 마라!"

"그래서 내가… 책을 안 잡았잖아!"

이해가 되는가? 결론은 공부를 안 했다는 말씀. '책잡히다'라는 말은 '트집 잡히다'라는 말인데, '공부하려고 책을 잡다'라는 말로 교묘하게 말장난을 한 것이다.

"야~, 네가 '빈티지' 옷을 입으면 이렇게 어울리고 예쁜데, 내가 입으면 왜 이렇게 '빈티'가 나냐??"처럼 자칫 유치하게 들릴 수도 있으나, 연결되는 같은 단어를 가지고 말장난을 하는 것은 실전 유머 스피치의 기본이다.

얼마 전 학교에서 독어 발음시험을 본 후 독일어 선생님과의 대화.

"너희들 해도 해도 너무한다. 어쩜 이렇게 공부를 안 하니??"

"죄송합니다."

"내가 가르치는 방법이 잘못된 거니? 말 좀 해봐!!"

분위기로 봐서 우스갯소리를 할 때는 아니었는데, 늦은 나이에 학교를 간 터라 선생님보다 나이가 많은 내가 반전의 총대를 멨다.

"그건 아니구요. 사전 때문에 못 하는 겁니다!"

"그건 또 무슨 소리야?

"아~, 그게요~, 사전을 찾아가면서 공부를 해야 하는데, 사전이 '독한' 사전이잖아요. 그래서…!"

"독하게 마음먹지 않으면 너무 힘든 게 독일어 같아요!"

영어는 영한사전, 한영사전. 그러니까 독어는 독한사전!!

이해되시죠?

이렇게 해서 서로의 마음이 웃음으로 풀어졌다. 간단한 말장난 유머 하나가 서로의 마음을 풀어주는 청량제 역할을 한다. 연결되는 같은 단어의 다른 뜻, 이것이 위트 있는 순발력 멘트의 묘미다. 유머 순발력을 기를 때 연결되는 단어를 이용해서 이리저리 굴려보는 것은 유머 능력자로 가는 지름길이다.

말의 각기 다른 뜻을 이용한 동음이의어 활용

태반 주사가 말썽일 때 뉴스에서 어떤 기자가 말한 내용이다.

"요즘 시중에 나돌고 있는 태반 주사가 말썽인데, 태반 주사에 태반이 없는 것이 태반이랍니다!"

이 기자는 일부러 웃기려고 한 말은 아니었는데, 하다 보니 이렇게 된 것이었다. 나는 이 멘트를 접하고 동음이의어의 매력에 한동안 심취했었다. 몇 가지 사례를 들어보면서 이해를 돕고자 한다.

(쓰는) 모자 VS 모자(라다)

"너 왜 모자 썼어?"

"제가 좀 모자라서요."

(밥)그릇 VS 그릇(되다)

부산에서 말씀을 걸쭉하게 하시는 강사님 몇 분과 식사 중이었다. 그 중의 한 분이 요즘 사람들은 생각하는 것이 이렇다, 저렇다 하면서 갑자기 밥그릇을 번쩍 들더니 하는 말.

"요즘, 너무 그릇된 생각을 하는 사람들이 많아."

결석(缺席) VS 결석(結石)

"요즘 왜 수업에도 오지 않고 결석을 많이 하세요?"

"제가 몸에 결석이 많아서!!"

이사회 VS 이, 사회 / 사장(社長) VS 사장(死葬)

지금은 MBC 부사장이신 황희만 아나운서는 교회에서 잘 알고 지내는 분이다. 한참 사장 자리를 두고 엄기영 앵커가 물망에 오르고 있을 때였다. 그 이후에 울산 MBC 사장으로 가시기 얼마 전 교회에서 성가대원으로 함께 봉사할 때 여쭈었다.

"황 집사님! 이제 MBC 사장에 도전해 보셔야죠?"

그러자 황 집사님이 말씀하신다.

"저, 이 (뜸들이고) 사회에서 사장(死葬)됐습니다!"

나는 한참 후에 웃었다. 내가 들어본 말 중에 동음이의어로 웃기는 순발력 멘트의 최고봉이었다. 이사회에서 사장이 되는 것과 이, 사회에서 사장(매장)이 되는 것은 천지 차이니까 말이다. 당시에 마음이 많이 복잡하고 힘드셨을 텐데 멋진 미소와 함께 배어나오는 그 말씀 한 마디에 나는 더욱 황희만 부사장님의 팬이 되었다.

Qook(쿡) vs 쿡

용인농업기술센터에 강의를 갔을 때의 일이다. 강의 전에 한 분이 말씀하셨다.

"얼마 전에 Qook(쿡)을 달았는데 아, 글쎄 우리 어머니가 뭐를 쿡! 누르더니 고장이 나버렸어요."

이렇게 말하는데 어찌나 감탄하며 웃었는지. 그 자리에서 수첩에 바로 적었다.

5점 vs 오점(汚點)

새로 오픈한 주유소에서 포인트 카드를 만들어주고 포인트를 찍어주었다. 포인트는 5점!! 그래서 아내에게 한 마디 건넸다.

"이제 이 주유소 절대 오지 말아야겠네?"

아내는 무슨 갑자기 뚱딴지같은 소리냐는 표정으로 묻는다.

"왜??"

"응, 내가 여기에 오(5)점을 남겼잖아!"

유심(USIM) VS 유심(唯心)

"요즘엔 핸드폰에 유심(USIM)을 장착하죠?"

한 분이 스마트폰을 만지작거리면서 물어왔다.

"도대체 유심(USIM)이 어디 있어요?"

그래서 말씀드렸다.

"핸드폰을 '유심(唯心)'히 보면 보입니다!!"

(해충) 진드기 VS 진드기(처럼 들러붙는다)

유치원 아이를 둔 부모님들에게 '부모자녀 대화법'을 강의할 때 종종 사용하는 유머다.

"아이들이 갓난아기 때는 침대 시트나 이불에 번식하는 진드기 청소를 꼭 해줘야 합니다."라고 말을 한다. 당연한 이야기이기도 하고 아이를 둔 어머니라면 진드기의 해로움도 알고 있는 터라 사뭇 진지하게 듣는다. 이때 던지는 회심의 한 마디에 웃음이 빵 터진다.

"진드기 청소를 만약 해주지 않으면 아이가 4~6세쯤 되면 엄마한테 '진드기처럼' 들러붙습니다."

4~6세의 아이를 둔 엄마들은 정말이지 진드기처럼 들러붙는 자식들에게 수난을 많이 당한 터라 백 배로 공감할 수 있어 웃음을 자아내기에 충분하다.

(사람 이름) 혜지 VS 해지(解止)

아내 친구 이름이 혜지다. 어느 날 아침, 아내가 말했다.
"아, 오늘 저번에 들었던 CMA 해지(解止)해야 되는데."
그때 내가 옆에서 이렇게 말했다.

"해지? 그럼 혜지한테 해지(解止)해 달라고 하면 되잖아!"

(끝)이상 VS 이상(하다)

사회를 볼 때 써먹으면 실소를 자아내고 분위기를 부드럽게 할 수 있는 멘트의 최강자.
"돌아가면서 말씀하도록 하겠습니다. 본인 말이 다 끝나면 '이상입니다!'라고 말씀해주세요? '이상입니다!'라고 말 안 하면 이상하니까!!"

(철이 들다)철 vs (金)철

살이 많은 사람들은 의기소침해질 수가 있다. 또 우리 자녀들도 놀림의 대상이 될 수 있다. 지금 바로 살을 뺄 수 없다면 한 방에 상대의 웃음을 자아내면서 자신의 이미지를 즐겁고, 재미있고, 매력적인 사람으로 보이게 할 수 있는 멘트가 있다.

몸이 뚱뚱해서 앉거나 일어설 때 불편하신 분, 점점 불어나는 살을 주체할 길 없으신 분, 뚱뚱하다고 눈치 주는 다른 사람들에게 멋지게, 그리고 웃으며 넘길 수 있는 한 마디를 날리고 싶은 분이 있다면 이 멘트를 권한다. 상대방에게 스스로 물어보고 당신이 바로 답하라.

"남자나 여자가 몸이 무겁게 느껴질 때는 언제인지 아세요?"

"철 들 때래요. 제가 요즘 철이 많이 들어서."

여기서 말하는 '철'은 동음이의어로 '쇠(金)'과 '철들다'의 절묘한 배합이다. 볼륨(?) 있는 자기 몸매를 웃음으로 반전시키는 자기소개 멘트로도 괜찮다. 단, 살도 빼가면서 사용하라! 하하하하.

감이 좀 오는가? 단어를 이리저리 굴려보면 천지가 유머다.

여섯 살 아들 현서의 동음이의어 활용 유머

다섯 살 때 배를 먹다가 대뜸 하는 말.

"아빠! 이상해?"

"뭐가?"

"먹는 배, 타는 배, (자기 배를 두드리며) 내 배! 신기하지?"

나는 그렇게 말하는 현서가 신기했다.

여자 아이들은 소꿉놀이를 할 때 남자 아이들은 대개 장사놀이를 한다.

"아빠! 나한테 이거 얼마냐고 물어봐."

"알았어, 이거 얼마에요?"

"네, 오백칠백구백 원입니다!"

"와, 너무 비싸요! 좀 깎아주세요!"

현서는 갸우뚱 거리며 "잠깐만요." 하더니 물건을 가지고 커튼 뒤로 들어갔다.

"현서야! 뭐해?" 하고 커튼을 열고는 깜짝 놀랐다. 내가 깎아달라고 했던 물건을 칼로 깎는 시늉을 하고 있는 것이 아닌가.

지금도 우리 아들의 유머 말놀이는 계속된다. 만 여섯 살도 안 된 현서가 천도복숭아를 먹다가 나에게 대뜸 하는 말.

"아빠? 천도복숭아는 못 먹겠다!"

"아니, 왜?"

"천도복숭아니까 뜨거워서, 온도가 천도잖아!!"

어느 날은 어린이집에서 각 나라의 국기를 그린 그림을 가지고 왔다. 내가 "와, 잘 그렸네? 대한민국, 일본, 미국, 인도네시아, 네팔." 그랬더니 "아빠! 네팔? 그럼 팔이 네 개라는 말이야?" 한다.

어릴 적부터 말놀이에 익숙한 아이는 어휘력이 발달하고 언어능력에서 탁월한 능력을 보인다. 또한 유머러스한 감각을 기르는 데 말놀이처럼 탁월한 것이 없다.

다른 말 같은 뜻 이음동의어

개성공단에서 선교사역을 하는 한 선교사님이 와서 말씀을 전해 주셨다. 개성공단으로 자신이 6년 전에 떠날 때 어려웠던 집안 사정을 이야기하면서 유머 스피치 강사인 나에게 기억에 남는 명 위트 멘트를 선사했다. 이야기는 이렇다.

"제가 개성으로 오면서 사택을 정리하고 집 식구들은 몸만 빠져 나와서 돈도 없고 갈 데가 없었습니다. 그래서 아내에게 당분간 친정에 좀 가 있으라고 하는데 마음이 너무 아팠습니다."

이 말을 들을 때쯤 성도들은 혀를 쯧쯧거리며 너무나 어렵게 지낸 선교사님의 마음을 헤아리며 안타까워하는 모습이 역력했다. 그런데 안타까움과 먹먹함이 함께 밀려드는가 싶더니 선교사님의 이어지는 말끝에서 피식, 하고 웃음이 터져 나왔다.

"또 대학에 갓 입학한 아들은 어디로 보낼까 하다가 잠시 외갓집에 가 있으라고 했습니다. 그리고 저는 처갓집으로 들어갔습니다!"

친정 vs 외갓집 vs 처갓집. 다른 단어 같은 뜻!! 유머 스피치의 교과서 같은 위트 멘트였다.

민 규식 목사님의 걸걸한 웃음과 속사포 같은 입담도 환상적이다.

"아, 이 교회에 와서 보니까 여자 성도님들은 모두 beauty가 ful 하시고, 남자 성도님들은 wonder가 ful이고, 성가대는 역시 very가 good, nice네요!!"

영어를 그대로 말했다면 아무런 느낌이 없었을 텐데, 이런 표현도 꽤 괜찮다.

또 자기소개 겸 가족관계를 말씀하시는데 걸작이다.

"제가 결혼하고 언제부터인가, 주위 사람들이 저를 시샘하는 눈치가 느껴졌는데, '왜 그럴까?' 하고 알고 봤더니 제 아내가 너무 예쁘더라고요. 하하하! 제 아내와 결혼해서 아들 하나, 딸 하나, 계집애 하나, 여자아이 하나 그렇게 네 자녀가 있습니다."

대개가 계집애 하나부터 웃고 여자아이에서 빵 터지고 네 자녀에서 놀란다.

유머
능력자
따라잡기 [실전편]

네번째, 코스

04

깨알 같은 위트 멘트로 능력자 되기

유머 능력자 따라잡기 실전 편

위트 멘트 던지는 법, 이럴 땐 요렇게

잘 듣고 상대의 말을 이용하라, 상대의 말에 답이 있다

여러 사람과 식사 중에 앞에 계신 분이 물어왔다.

"그런데 원장님은 나이가 어떻게 되세요?"

"네, 마흔입니다."

그러자 옆에서 함께 식사 중이던 분이 깜짝 놀라며 말했다.

"네? 그런데 어쩜 그 나이에 피부가 그렇게 좋으세요?"

이렇게 누가 당신에게 물어오면 어떻게 말하겠는가? 예전에 방송인 정소녀 씨가 아침 토크 프로그램에 초대 손님으로 나와서 했던 말이 있다.

"정소녀 씨는 예나 지금이나 그대로시고 피부가 어쩜 그렇게 고우세요?"

하고 사회자가 묻자, 대뜸 말했다.

"네, 사실은 저, 방부제 먹어요!!"

나는 그때 정소녀 씨의 위트 넘치는 그 말을 기억하고 있다. 그래서 가끔 누군가가 '어쩜 피부가 그렇게 좋으세요?' 하고 물으면, 바로 "네, 사실은 방부제 먹어요!"라고 대답하곤 했다. 그런데 이 날엔 그 멘트를 사용하지 않았다. 그리고는 이렇게 말했다.

"네, 시세이도 써요!"

왜 그랬을까? 그 이유는 내가 대답하기 전 질문한 분과 옆에 앉은 분이 식사하면서 시세이도 화장품이 내 피부에 맞네, 안 맞네 하며 화장품에 대해 이야기하고 있었기 때문이다. 어떤 상황인지 그림이 그려지는가? 순발력 멘트는 준비될 수도 있지만 주위의 상황을 잘 파악하고, 그들의 대화나 질문 속에 들어 있는 이야기의 소재나 멘트, 단어를 이어가는 효과를 낼 때 돋보이는 경우가 많다.

얼마 전 지인들과의 식사자리에서 있었던 일이다. 여럿이 모여서 식사를 하다 보면 앞이나 바로 옆 사람 하고만 이야기하다 오는 경우가 많은데, 이때 주위 사람들의 대화를 잘 듣고 관찰하다 보면 적당한 타이밍에 위트 멘트를 날릴 수 있다. 테이블 2개를 붙여서 한참 식사를 하는데, 반대쪽 끝쪽에 있던 분들이 재벌들의 불행한 뒷담화를 서로 주거니 받거니 하고 있었다.

"돈 그거 많으면 뭐하냐? 그래서 공평한가봐. 가지 많은 나무에 바람 잘 날 없다고, 그렇게 돈 많은 사람들은 평탄치가 않아."

이때를 놓치지 않고 내가 호흡 조절하고 약간 큰 소리로 말을 이었다.

"그래서 제가 어렸을 때 평탄치가 않았잖아요!"

주위에서 일어나는 대화나 분위기를 잘 관찰하다 보면 당신도 위트, 재치 넘치는 유머 고수가 된다. 귀를 열어두어라. 그리고 말하라. 실패는 없고 경험만 있다.

이외수 님이 『여자도 여자를 모른다』라는 책을 출간한 후 기자들에게 받은 질문에 대해 대답한 말이다.

기자 "선생님은 여자도 아닌데 어떻게 여자에 관한 책을 썼습니까?"

이외수 "파브르는 곤충도 아닌데 어떻게 『파브르의 곤충기』를 썼을까요?"

무엇이든지 '잘 관찰하면 보인다'는 말을 질문의 맥을 짚어 재밌게 표현한 위트 멘트의 걸작이다. 위트와 순발력은 잘 듣는 데서 출발한다. 박학다식할 필요까지는 없다. 상대의 수준을 감안해서 상대가 알 법한 수준의 단어나 어구를 인용하는 것이 중요하다. 대개 순발력 멘트는 한 줄로 끝난다. 이 상황에서 이외수 님이 '아~그건요~.' 하면서 장황하게 설명했다면, 기자도 모르고 본인도 설득력이 없는 어떤 말이 되거나 기자도 괜히 질문했나 싶었을 것이다. 미리 정리되지 않은 이상, 말은 길어지면 길어질수록 자기도 모르는 방향으로 흘러간다.

위트 멘트 던지는 법, 이럴 땐 요렇게

아이러니한 상황에서 능력자 되기

앞사람의 말을 이어 함께 있는 자리에서 불쑥 끼어들어 이야기의 맛을 살리는 기술 하나를 더 소개한다.

나보다 연세가 조금 있는 분들과 함께 카레를 먹는 자리에서 오가던 말 중에 끼어들었다. 한 분이 "카레가 치매에 좋대요!" 하자, 기다렸다는 듯 다른 분이 "아! 맞아요! '강황'이 치매를 예방해 준대요! 그래서 카레를 많이 먹으라고 하더라고요!" 이때 모두들 "그러면 카레를 많이 먹으면 치매에 안 걸리겠네!" 라고 했다. 나는 이를 놓치지 않고 카레를 여유 있게 먹으면서 한 말씀 올렸다.

"그래서 아이들이 치매에 안 걸리잖아요. 카레를 많이 먹으니까!"

뒤에 오는 '카레를 많이 먹으니까'는 하지 않았다. 그래도 모두 알아듣고는 한바탕 웃었다.

이런 종류의 멘트는 어울릴 것 같지 않은 단어의 배합으로 함께 이야기를 나누는 사람들에게 대화 중 공감을 형성하여 웃음이 나오게 하는 유형이다. 아이들이 아무래도 나이 드신 어른보다는 카레를 자주 먹을 것이라는 통념으로 보아 아이와 치매는 어울리지 않기 때문에 웃음이 유발된 것이다.

웃음강의를 할 때도 이와 비슷한 멘트가 종종 쓰인다.

"여러분! 웃으면 몸도 건강해지고 오래 삽니다! 아이들은 하루에 300~600번이나 웃는데, 17번 정도 웃는 어른들보다 월등히 그 횟수가 많기 때문에 아이들이 어른들보다 오래 삽니다!!"

또 이런 멘트!

"예전에 조선시대 사람들은 유교를 숭상하여 웃으면 실없고 가벼워 보인다며 천하다고 업신여겨 왔습니다. 그런데 여러분! 웃음은 우리에게 건강과 마음의 기쁨을 가져다주지 않습니까? 그 웃음을 업신여기던 조선시대 사람들, 그래서 지금 다 죽어버렸잖아요?"

시간이 오래 지났으니, 다 죽고 없는 당연한 말이지만 웃음을 자아낸다. 앞사람의 말을 잘 듣고 "그래서…"라고 하며 던지는 멘트! 당연한 말들 속에 웃음이 묻어난다.

얼마 전 몇몇 분과 건대 먹자골목 뒷길을 가는데 여자들이 담배를 피우고 있었다. 그 광경을 본 일행 중 한 분의 말씀.

"어이구, 여자들이 담배를 이렇게 많이 피우나? 아주 대놓고 피네."

그 말을 듣고 내가 이렇게 말했다.

"그래서 남자들까지 요즘 담배를 피우지."

물론 모두 피식 웃었다. 그런 실없는 웃음들이 차곡차곡 쌓이면 유머 능력자에게 성큼 다가서게 된다.

위트 멘트 던지는 법, 이럴 땐 요렇게

상황별 실전 위트 멘트, 대화의 능력자

그래서 제가 안 컸잖아요!

얼마 전 내 핸드폰에 있는 아들 사진을 보고 어떤 분과 나눈 대화다.

"어머, 너무 예쁘네요, 아드님인가 봐요? 몇 살이에요?"

"여섯 살요."

"아이고, 한참 예쁠 때네, 아빠 꼭 닮았네요. 아이들이 어릴 적에는 너무 예쁘죠? 우리 애들도 이때가 있었나 싶어요! 아휴, 지금은 아이들이 너무 커서 징그러운데, 가끔 생각해 보면 그때 안 크고 그대로 있었으면 할 때가 있어요! 원장님 애도 크지 말라고 하세요!"

그때 유감없이 던진 유머 순발력.

"하하하하, 그 마음 저도 알죠! 저희 어머니도 저를 너무 예뻐하신 나머지 어릴 때 크지 말라고 해서 제가…, 안 컸잖아요!"

나의 키가 '저렴한 것'을 눈으로 보기 때문에, 말은 안 하지만 나와 대화 중인 사람은 그것을 알고 있다. 그런데 느닷없이 '아들이 예쁘다'에서 크지 않은 키 이야기가 나옴으로써 공감이 형성되어 웃음이 터진 것이다. 재치 있는 말의 맥은 '공감'이다. 공감이 없으면 대화를 해도 맥이 없다.

명함 건넬 때

대개가 명함을 주고받을 때 "양재규입니다." "아, 원장님이시군요?" 하면서 건네고 만다.

선거관리위원회 연수원에서 한나라당 직원들에게 강의를 하러 갔다. 그때 내가 명함첩을 가져오지 못해서 지갑에 있는 명함을 꺼내려다 그만 주민등록증을 꺼내서 교육 담당자에게 건네고 말았다. 교육 담당자가 주민등록증을 보더니 큰소리로 웃으면서 말했다.

"허허, 역시 유머 강사님이라 틀리시네요!?"

"명함 주실 때도 유머 있게 주시네요, 하하하하!!"

사실 실수한 건데 큰 웃음을 준 아찔하고 유쾌한 순간이었다. 그 뒤로 가끔씩 써먹어 보는데, 괜찮게 먹힌다. 그런데, 사람 봐가며 해야 한다!!

수원 보훈교육연수원에서 모 교수님과 명함을 교환하는데 명함을 보니 앞쪽은 한문, 뒷면은 모두 영어였다. 그래서 "헉, 어떻게 읽어야 하나요?" 했더니 교수님이 능청스럽게 말씀하신다.

"아, 해석할 때 도망가려구요. 하하하하!!"

단국대 교수님이셨는데 그때를 생각하면 지금도 웃음이 머금어진다. 명함을 주고받는 사소하지만 중요한 접점에서 웃음 한 방 터뜨리면 끝까지 기억에 남을 것이다.

바로 써먹는 위트 멘트

대부분의 사람들은 순발력 있는 멘트나 한 방에 빵 터지는 걸 배우고 싶어 한다. 한 방, 한 방 하다가 헛방 되는 수도 있지만, 다음 두 가지를 한번 연습해 보라. 포인트는 느끼하지 않게 해야 하는데, 그게 쉽지 않다.

강의나 대화 중 좀 심각한 표정을 하고 앞사람 어깨에서 무언가를 털어주는 척 하면서, "뭐가 이렇게 묻어 있어요?" 한다. 그러면 대부분의 사람들은 비듬이 떨어졌거나 무언가 묻은 줄 알고 당황해 한다. 바로 그때 씨익 웃으면서 회심의 한 마디.

"매력이 묻어 있네요!"

대화를 하다가 무슨 냄새가 나는 듯 킁킁거리면 상대방은 어디서 무슨 냄새가 나는가 하면서 두리번거린다. 이때, "어! 이게 무슨 냄새죠?" 하며 상대의 옷에서 무슨 냄새가 나는 것처럼 시늉을 한다. 상대방은 자기 몸에서 냄새가 나는지 어디에서 나는지 하며 당황한다. 그때 회심의 한 마디.

"훈훈한 사람 냄새가 나는데요?!"

주의!! 이 멘트는 절대 남녀가 둘이 있을 때 사용해서는 안 된다. 오해의 소지가 다분하니까 말이다. 강의할 때나 여럿이 있을 때 사용하라. 느끼하지 않게.

"제가 사랑 하는 거 아시죠?"

그러면 백이면 백 피식 웃어버리거나 당황한다. 그때 이 멘트를 던진다.

"제 아내한테는 비밀입니다!"

건배 제의를 할 일이 있을 때 여러 말을 많이 늘어놓는 것은 분위기를 끝도 없이 추락시키고 자신의 이미지 관리에도 전혀 도움이 되지 못한다. 이때 나도 살고 남도 사는 깔끔하게 써먹으면 좋은 멘트를 소개한다.

평소에 잘 알고 지내는 이영식 사장님이라는 분이 계시다. 그분이 언젠가 했던 건배 제의는 유머 스피치 강사인 나에게 충격이었다.

"자, 제가 영어로 건배 제의를 할 테니까 여러분도 영어로 화답해 주세요?"

사람들은 웬 영어, 하면서 어리둥절해 했다. 그때 빠르고 명쾌하게 던진 한 마디.

"원 샷!"

사람들의 폭소를 자아내기에 충분했다. 그 사장님을 만나면 지금도 '원 샷!' 하면서 웃곤 한다.

오랜 만에 만난 사람

오랜 만에 만나긴 했는데 별로 친하지 않은 사람이나, 오랜 만에 만나긴 했으나 평소에 잘 알고 지내는 사람. 친구의 친구나 한 번 소개 받은 적이 있는데 큰 부담이 없다고 느껴지는 사람을 다시 만났을 때 이런 멘트도 과감하지만 좋은 느낌을 준다.

"잘 지내셨어요? 저번에 뵈었을 때보다 키가 부쩍 크셨네요!!"

아이들에게나 쓸 법한 말을 성인에게 사용함으로써 웃음이 유발된다. 웃음은 부조화에서 오는 경우가 많다. 휠체어를 타고 다니는 스티븐 호킹 박사의 위트 멘트는 부조화 속의 위트와 매력을 함께 보여준다.

"저는 선글라스와 콧수염으로 변장을 해도 어디를 가나 금방 탄로가 나요."

또 누가 이렇게 말하려다 잠깐 멈출 때가 있다.

"어, 저번보다…!?"

이런 경우는 대개 내가 건강이 좋아 보인다거나, 젊어 보인다거나, 살이 쪘다거나 기타 등등 할 때 말을 할까 말까 망설이는 경우다. 이럴 때 상대와 나의 마음을 유쾌하게 하고 분위기 이상하게 안 만드는 방법은 내가 먼저 이렇게 말해버리는 것이다. "어! 저번보다…." 라고 하면서 상대가 망설이며 멈칫할 때 바로 그냥 내가 말해버린다

"살쪘죠??!"

말하기는 묘한 흐름을 잘 읽어야 더욱 잘할 수 있다. 평소에 상대나 자신의 느낌 또는 감정을 읽어내는 관찰을 잘하면 위트 멘트의 능력자로 도약할 수 있다.

아내의 잔소리 대처법

교회에서 월례회 때 사회를 볼 일이 있었다. 그런데 좀 찜찜했던 게, 그 기관은 매월 마지막 주일에 월례회를 한다고 알고 있었던 것. 나는 동료 집사의 말만 듣고 5시에 월례회 장소로 향했다. 그런데 아무리 기다려도 월례회를 할 기미는 보이지 않았다. 가기 전에 아내가 나에게 한 말이 있다.

"오늘이 아닐 거야, 한 번 알아봐."

"그 친구가 오늘 한댔어."

그런데 결론은, 안 했다.

집으로 돌아온 나에게 아내가 한 마디 했다.

"왜, 그 친구랑 살아! 아내 말보다 그 사람 말이 더 중요하지~?!"

이때 짜증을 내거나 "알았어!"라는 등 퉁명스럽게 말하면 안 된다! 절대! 그래서 나는 이렇게 받아쳤다.

"으응~, 살아보려고 했는데…, 지 부인하고 살고 있더라."

사랑하는 사람과 아내에게 점수 따는 위트 멘트

예전에 개그 콘서트에서 나온 대사의 일부다.

남자 "나 이제 너랑 만나선 안 될 것 같아…."

여자 "왜? 무슨 일 있어?"

남자 "아니! 내가 왕자도 아닌데 공주와 있을 순 없잖아!"

남자 "(갑자기) 나, 좀 나갔다 와야겠어요!"

여자 "아니, 왜요?"

남자 "태양을 보는 연습을 하려고…."

여자 "갑자기 웬 태양!!"

남자 "당신의 눈부심에 적응하려고…."

이런 멘트는 어떨까?!

"영화 볼까?"

"응!"

"아니, 백화점 갈까?"

"응!"

"에이, 그냥 한강 갈까?"

"응!"

"뭐야~~, 어디 가~~?"

"어디면 어때~? 우리 둘만 있으면 되지~!"

집에 늦게 들어갈 때

"여보세요? 지금 몇 신데 아직 안 와? 지금 어디야? 어디쯤 오고 있어?"

"어디긴 어디야? 당신 마음속이지~!"

유치하더라도 한 번 시도해보라. "뭐야~, 유치하게~."라고 한 소리 들더라도 아내가 웃었으면 이미 그것으로 성공이다. 인생의 '극치'를 맛보고 싶거든 '유치'를 경험하라.

따뜻한 위트 멘트

'대조영'에서 여진족으로 나왔던 탤런트 이달형이 결혼식 하던 날, 리포터가 신부에게 물었다.

"15년간 사귀었다면서 왜 이제 결혼하세요?"

"그때보다 지금 더 사랑하거든요!"

쉬는 날 집안 청소를 하자는 아내의 말을 듣는 둥 마는 둥 TV를 보고 있는 남편에게 아내가 비수 같은 말을 던졌다.

"허구한 날 TV만 보고, TV 보는 거 빼고 도대체 잘하는 게 뭐야?"
"나, 누가 뭐래도 잘한 거 있어!"
"뭔데?"

"당신하고 결혼한 거."

말 한 마디에 아픔을 주기도 하고 사랑을 주기도 한다. 손바닥이 부딪쳐야 소리가 나듯, 내가 침 한 번 꼴깍 삼키면 많은 일이 행복으로 다가온다.

매일 떨어뜨리고 자주 깨뜨리는 덜렁이 엄마가 냉장고에 반찬 그릇을 넣고 있었다. 평소에 엄마를 답답하게 생각한 아들이 이 광경을 보고 한 마디 했다.
"엄마! 이번엔 떨어뜨리지 말고, 좀 제대로 해! 도대체 엄마는 잘한 게 뭐야?"

"음, 제대로 한 일도 있어. 엄만, 널 낳았잖아!"

엄마가 "뭐라구, 이 녀석! 엄마한테 말하는 것 좀 봐!!"라고 했다면 분위기는 험악해졌을 것이다. 때론 한 마디 따뜻한 위트가 수만 마디 말의 값을 하는 경우가 있다. '공감'하고 '알아주고' 부드럽게 넘기는, 유머 있는 농담 아닌 농담도 필요하다. 유머는 사랑의 도구다.

위트 멘트 던지는 법, 이럴 땐 요렇게
말장난의 능력자

"내가 목 없는 이야기 해줄까?"

"월, 화, 수, 금, 토, 일."

'목'이 없다. 예전에 한참 예능프로에서 '그럴 수밖에', '그럴 만두하지.' 같은 말장난 놀이로 웃음을 자아내며 유행했던 적이 있다.

악보는 고사하고 글씨도 모르는 여섯 살 아들 녀석이 한 번 가르쳐준 노래를 악보를 보면서 틀리지도 않고 곧잘 부르는 게 아닌가! 그것을 본 우리 식구들은 "아이고, 천재네 천재야!!" 했다. 그러자 할아버지가 말씀하시길,

"저 녀석 다섯 살 때는 벽에 붙어 있던 한문도 다 읽었는데 지금은 다 까먹었을 거야!!"

그러자 할머니가 정색을 하며 "어이구, 무슨 소리예요? 그런 게 다 잠재의식에 숨어 있다가 언젠가는 튀어나오는 거예요!!"

그때 옆에서 내가 한 마디 거들었다.

"나도 어릴 적에 천재 소리 들으며 배운 게 많을 텐데, 잠재의식에 들어가서 다 잠자고 있나 봐! 전혀 생각이 안 나!"

자칫 유치하고 어설픈 스킬로 주위의 야유를 받을 수 있으니 조심해서 해야 하지만, 순발력 있는 멘트를 사용할 때 지극히 고전적인 방법이다. 비슷한 말, 단어, 뉘앙스를 가진 말. '잠재의식'과 '잠자다'는 다른 단어이지만 첫 글자가 같다. 그리고 잠재의식도 의식의 저 속에 있는 것이고, 잠자는 것도 의식하지 못하는 상태이기 때문에 가능한 순발력 위트 멘트가 될 수 있다. 여기서 웃음의 포인트는 잠재의식에 있던 것은 언젠가는 깨어나는 것인데, 내 잠재의식은 아직 잠자고 있다는 표현으로서 나는 공부를 못 했다는 이야기!

교회에서 내가 봉사하는 부서에서 열심히 시작하자는 의미로 교사 전진대회라는 것을 했다. 그날 한 집사님이 하신 말씀이다.

"전진대회를 잘해야지 1년 열심히 하지, 이거 못 하면 '후진'합니다!"

유머 순발력의 기본은 '말장난 놀이'다.

또 목사님 말씀 중에 "오늘 3부 예배에 가나 전 대통령님이 오십니다. 제가 그분이 오시도록 힘쓴 일도 없습니다. 저야 뭐, 그분이 가나 안 가나 별 상관은 없지만." 가나를 반복해서 사용한 언어의 묘미다.

살 빠질까봐 안 돼요

교회에서 잘 아는 분이 경영하는 스파게티, 피자집에 가서 팥빙수와 음료를 시켜서 먹고 있는데 주인 집사님이 나오셨다. 친한 분들끼리 친선으로 하는 주말 축구 모임을 화제로 꺼내며 인사로 말을 건넸다.

"오늘 축구하러 안 가셨어요? 나는 조금 뛰다 왔는데!"

"축구요? 아휴, 요즘 같은 무더위에 축구 하면 안 돼요!"

"하긴 그래요, 저도 조금밖에 안 뛰었는데 너무 덥고 힘에 부치더라고요."

"아니 더운 건 둘째고, 그렇게 운동하다가는 살 빠져서 안 돼요!"

또 하나.

교회에 함께 다니는 같은 부서의 총무님이 나오질 않으셨다. 이유인즉 감기 몸살인데 조금 바빠서 며칠 무리했더니 혈압도 상승하고 해서 쉬신단다. 참고로 이분은 덩치가 크시다. 나는 안부 전화를 걸었다.

"집사님, 양 집사예요, 오늘 집사님이 안 나오시니까 교회가 다 헐렁해요?"

"고마워요, 집사님 전화도 다 주시고."

"뭘요, 그냥 안부 전화 했어요. 우리 같은 사람은 무리하면 절대 안 돼요."

"네, 병원에서도 그러더라고요. 제가 이제 나이도 있고 몸집이 크니까, 조심하래요."

"그럼요, 조심하셔야죠. 무리하면 안 돼요, 살 빠져요."

내 몸매를 아는 사람은 알겠지만 좋게 말해서 통통하다. 그런 상황에서 "축구 같은 거 하면 살 빠져서 안 돼요!"라든가, 덩치가 큰 사람한테 "무리하면 안 돼요, 살 빠져요!"라는 말은 실소를 자아내기에 충분하다.

듣는 이도 기분이 상한다기보다 한 번 더 웃음으로써 기분 좋은 분위기가 연출된다. 유머 스피치라 함은 유머를 재미있게 말하는 것이기도 하지만, 실생활에서 작은 미소를 머금게 하는 활력소이자 영양 보조제이기도 하다.

'사'자로 끝나는 말은?

목사님을 모시고 같은 남선교회 집사님의 사업장 확장 이전 예배에 참석했다. 예배가 끝나고 식사자리. 여러 사람들이 나에 대해서 강사님이라느니 성악 전공으로 편입해서 학생이라느니, 또 대단한 분이라느니 하며 이래저래 칭찬의 말을 하고 있었다. 내가 모임의 주인공이 아니기에 쑥스럽기도 해서 관심을 딴 데로 돌리려고 앞자리에 앉아 있던 경찰 친구를 빌미로 한 마디 거들었다.

"형사도 있는데 거짓말하면 잡아갑니다, 하하하."

그러자 목사님의 재치 넘치는 입담이 펼쳐졌다.

"형사 위에 강사니까 괜찮습니다!"

이에 질세라 그 다음 내가 받아쳤다.

"그럼 강사 위에 목사네요!!"

"아니죠! 목사 위에 집사죠!"

모두들 까르르 웃었다. 마지막으로 회심의 한 마디.

"뭐니 뭐니 해도 집사 중에 집사는 밥 사는 집사죠!!"

그렇게 말하고는 그 날 밥을 사는 분에게 고맙다고 박수를 치며 '사'자로 끝나는 말 경쟁이 끝났다. 뒤에 '사'자가 들어가는 말로 잠깐 화기애애한 분위기가 연출되었다. 또한 밥을 산 사람도 올려준 일석이조의 위트 있는 멘트였다. 이런 종류의 대화는 어디에서나 있을 법한 '분위기 업' 멘트다.

연예인의 입담. 박미선, 윤여정, 이종원

요즘 제2의 전성시대를 구가하고 있는 박미선 씨에게 물었다.

"만약 다시 태어난다면 이봉원 씨와 결혼하실 겁니까?"

"저는 다시 태어나는 자체가 싫어요!"

이봉원 씨의 그전 행실을 아는 사람이라면 거반 웃음을 이끌어 내는 멘트다. '이봉원 씨와 다시 살기 싫어요.'를 돌려서 한 말이다.

청룡 영화제에서 여우조연상을 수상한 배우 윤여정에게 사회자가 물었다.

"윤여정 씨는 영화를 올해 세 편이나 하셨는데, 감독님들이 유독 윤여정 씨를 좋아하는 이유가 있나요?"

"제가 좀 쌉니다!"

대중 앞에서, 그것도 자칫 잘난 척하는 것으로 보일 위험이 있는 자리에서 한 마디의 말이란 중요하다. 자신에게 스포트라이트가 온 그때 너무 겸손해도 어색하고 거북하다. 그럴 때 그런 위험성까지 한 방에 몰아내며 웃음을 일으키고 자신을 호감 있게 보이게 하는 방법! 바로 자신을 희화화하는 것이다. "제가 좀 쌉니다!"라고 말한다고 해서 싼 사람이 되는 건 아니다.

예전에 '놀러와'에 차태현, 이종원, 김정은, 류승수가 나와서 토크를 하던 때다. 이때 브라운관에서의 이미지가 점잖고 무뚝뚝하게만 느껴졌던 이종원의 다른 모습을 보았다. 간단하게 상황 설명을 하고 질문과 대답으로 풀어보겠다.

차태현이 자주 가는 병원에 대해서 말하다가 그 병원에 말이 아주 많은 의사가 있다고 말했다.

"어느 날 병원을 찾아갔는데 그 병원이 없어졌더라고요."

"제주도로 갔을 거야!"

"왜요?"

"응, 말이 많다며!"

이런 식이다.

신인 여배우에게 "너 연기도 제법 하구 성격도 괜찮구나?" 하고 말했다. 그러자 후배 연기자는 평소에 존경하던 이종원 선배의 말에 너무 좋아서 "선배님, 감사합니다!"를 연발했다. 이때 이종원의 한 마디.

"넌 뜰 거야! 좀 있으면 화장도 뜰 거야!"

"제가 찍은 드라마가 거의 몸을 쓰는 연기가 많아서 부상이 많았어요!"

이때 '놀러와'의 진행자인 유재석이 그 말을 받았다.

"아휴, 고생이 많으셨겠네."

그러자 대뜸 이종원 왈,

"부상으로 뭐 주실래요?"

여러 가지가 있지만 위의 말장난 유머는 썰렁하다는 소리를 듣기 쉽다. 물론 듣는 이들의 태도도 중요하지만, 그러나 어떤 상황에서 누가 하느냐가 성패를 가른다. 이종원이란 배우는 평소에 무뚝뚝한 사람이다. 그렇기 때문에 저런 썰렁한 유머가 먹히는 것이다. 사람에 따라 기질이 다르다. 누구나 유머나 위트 멘트를 연예인처럼 맛깔나게 할 수는 없다. 말이 어눌해도 좋다. 그런 사람의 능청은 가히 핵폭탄 같은 매력이다.

보통, 사람들은 오해를 한다. 유머는 오버를 해야 잘하는 것인 줄 안다. 자신의 모습을 바로 보지 못하고 어울리지도 않게 어설픈 흉내를 내려 한다. 유머나 말을 잘하기 위해서는 먼저 자신의 스타일을 파악해야 한다. 옷이 자기 몸에 맞아야 하듯 자기 몸에 맞는 스타일을 찾아야 한다. 그럴 때 맛이 나고 품격이 느껴진다.

뻔뻔한 위트, 이럴 땐 요런 말

여섯 살인 우리 아들 현서에게 할머니가 엄지손가락을 치켜들며 말씀하신다.

"현서는 대장이야!"

그러자 입을 쭈욱 내밀며 하는 말.

"나는 대장 아니야…, 왕이야!!"

"여러분, 혹시 장동건과 원빈, 그리고 저의 공통점이 뭔지 아세요?"

"모두 얼굴로 먹고 산다는 것이죠!"

"너, 공주병 아니야???"

"응, 나 공주병 아니야! 사실은… 공주야?!!"

아내와 함께 차를 타고 가려고 바쁘게 집에서 나와 걸어가던 중이었다. 아내가 깜짝 놀라며 말했다.

"뭐야! 내 정신 좀 봐, 안경을 안 쓰고 나왔어, 어쩐지 눈이 침침

하더라."

"뭐??! 하하하 그러네!! 정신을 어따 두고 다니길래 그래?! 나보고 뭐라고 할 것도 없네!!"

이때 아내의 반격이 시작됐다.

"아니, 도대체 나한테 관심이 있는 거야? 내가 안경을 썼는지 안 썼는지도 몰라?"

바로 이럴 때 들어가는 나의 뻔뻔하면서 느끼한 위트 멘트.

"내가 당신 안경을 왜 보냐? 난 당신밖에 안 보이는데!!"

뷔페에서 두 접시를 먹고 세 접시째 들고 자리에 앉자 함께 온 일행이 놀란 눈으로 쳐다본다면, 이럴 때 재치 있게 넘기고 웃으면서 세 접시까지 먹는 방법이 있다. 시침 뚝 떼고,

"처음으로 먹는 거니까 기도해야지!"

"한참 클 때라 돌아서면 배고프고, 돌아서면 배고프고 그러네?!"

한참 맛있게 무언가를 먹고 있을 때 누가 "야, 너 뭘 그렇게 많이 먹냐?"라고 하면 이렇게 말하자.

"한참 클 때라…."

평소에 잘 먹는 나 같은 사람은 한참을 먹다가 잠시 쉬면 상대방이 물어온다.

"왜, 오늘은 많이 안 드시네요?"

그러면 나는 음식에 별 취미 없다는 표정으로 말한다.

"제가 언제 많이 먹던가요?"

어떻게 오셨어요? 어디서 오셨어요?

이 먼데까지 오시느라 수고 많이 하셨네요?

"박 선생님! 차 끌고 오셨어요?"

"아이고, 힘들게 어떻게 차를 끌고 옵니까, 타고 와야지."

"하하, 그럼 차 가지고 오셨어요?"

"타고 왔다니까요! 오늘은 편하게 조금 긴 차를 타고 왔습니다."

"아, 그러세요? 주차 공간이 협소했을 텐데 차는 어디다 두고 오셨나요?"

"기사한테 기다리기 심심하니까 한 바퀴 휘 돌고 오라고 했어요!"

결론은 지하철을 타고 오셨다는 말씀.

어떻게 오셨어요? 차는요? 라고 물어올 때의 순발력 멘트다. "네! 전철 타고 왔어요!!" 하고는 느낌이 전혀 다르다.

또 "어디서 오셨어요?"라고 물어온다면 뭐라고 하면 좋을까? 조금 썰렁하지만, "집에서요." 한다. 분당에 사는 분이라면 "천당 옆에 분당에서 왔습니다!"도 괜찮다.

전문적인 위트 멘트

여러 사람을 상대로 진행할 때는 특히 칭찬을 많이 해주어야 서로가 힘이 난다. 그런데 "모두 다 정말 잘하셨어요!!" "백점 만점에 백점!" 같은 말은 식상하고 그리 와 닿지 않는다. 그럴 땐 이렇게 하면 좋다.

"정말 잘하셨어요!!"

(시선을 3~4등분으로 분할해서 손으로 가리키며)

"맨 끝에 이쪽에 계신 분들, 정말 잘하셨어요. 100점~~!"

"그리고 가운데는 백점 만점!!"

"마지막 이쪽은 원더풀~~."

강의를 할 때나 앞에서 말을 할 때 청강자들이 긴장해 있으면 자신도 쭈뼛해져서 말이 잘 나오지 않을 때가 있다. 그럴 땐 박수를 유도해서 분위기를 고조시키는 방법이 있는데, 무턱대고 '무조건 박수 치세요.'라고 하면 심심하고 어이 상실이다. 이럴 땐 느닷없이 이렇게 말한다.

"자, 오늘 생일이신 분! 손들어 보세요?"

"없으세요? 그러면 이번 주에 내 생일이 있다, 손!"

생일을 맞이한 사람에게 앞으로 나오라고 해서 모든 사람이 일제히 함성과 함께 생일 축하한다고 박수를 쳐주면 분위기가 한층 고조된다. 그런데 일주일 안에 생일인 사람까지 했는데도 없을 경우 절대 낙심할 일은 아니다. 다음엔 이렇게 물어본다.

"아, 그러세요? 그러면 이번 달 안에 내 생일 있다, 손!"

"그렇다면 올해에 내 생일 있다. 손들어 보세요?"

이렇게까지 하면 백 프로 웃는다.

또 사회 볼 때 경품 추첨이나 진행을 시작하기 전에 하면 좋은 멘트.

"자, 지금까지 나는 이런 곳에서 선물을 받아본 적이 한 번도 없다! 손들어 보세요!"

이때 몇몇이 손을 들면 손 든 사람들을 쭈욱 둘러보며 던지는 한마디.

"아, 이분들은 (잠깐 쉬고 뜸을 들인다) 오늘도 상품이 없습니다!"

경품 추첨 등을 할 때 고전적인 단골 멘트 중 하나다.

"아~, 오늘 이 문제를 맞힌 분에게는 장인가구에서 협찬하는,"

하고 뜸을 약간 들인다.

(이때 사람들은 원목가구 정도를 생각한다.)

"원목으로 만든 이쑤시개 한 통을 드립니다."

또 별 이유 없이 박수를 치는 행위도 분위기를 '업(up)' 시키는 데 효과 만점이다. 행동이 바뀌면 생각이 바뀐다. 박수 치는 작은 행동 하나가 마음을 열고 딱딱한 분위기를 풀어준다. 함성까지 지르면 더 없이 좋다. 간단하지만 기분은 제법 좋아진다. 느끼하지 않게 바로 사용해 보아도 좋을 듯싶다.

에버랜드에서 사파리를 둘러볼 때 동물들보다도 사파리차 운전하며 안내해 주는 기사님 때문에 즐거운 시간이 된다. 기사님은 자칭 '엔터테이너!'라고 말한다. 여기서 그분이 하는 멘트 하나를 옮겨 놓으면 이렇다.

곰들이 있는 곳에 들어서자 순식간에 후려치는 멘트.

"자, 여러분 곰 보이시죠? 또 왼편에 물웅덩이 보이시죠? 그 물 웅덩이에서 곰이 목욕하면 뭘까요? 네~~, 정답은 곰탕!!!"

"여기서 보너스 퀴~즈! 순하고 예쁜 백곰을 순식간에 사나운 백곰으로 만드는 방법은 뭘까요?"

"네~, 백곰한테 불을 확 싸질러버리면 됩니다. 그러면 순식간에 불곰 됩니다!"

어느 슈퍼마켓 생선코너에서 오징어 파는 청년의 멘트도 킥킥거리게 만든다.

"엄마 몰래 나이트클럽 갔다가 잡힌 반짝반짝 빛나는, 생물 오징어가 세 마리 2천원!! 사망신고도 못 한 오징어 세 마리 2천원!"

순간 빛나는 재치

서산에 있는 태신 목장에 가면 젖소에게 우유 먹이기, 먹이 주기, 트랙터 타기, 아이스크림, 치즈 만들기 등 다양하게 목장 체험을 할 수 있다. 여동생 네와 우리 식구가 젖소 목장을 둘러본 후 아이들과 아이스크림 만들기 체험을 할 때의 일이다. 아이스크림 만들기는 스테인리스 볼에 온도가 급속히 내려가도록 얼음과 소금을 넣고, 그 위에 조금 작은 스테인리스 볼을 올리고 그 안에 우유를 적당량 부은 후 계속 거품기로 저어 주기만 하면 되는 것이다. 의외로 공정이 간단하고 목장에서 생산된 신선한 우유로 아이스크림을 만든다고 생각하니, 아이들뿐만 아니라 어른인 우리까지도 기대가 최고조였다.

그런데 직원이 냉장고에서 우유를 꺼내는 순간 기대감이 무너졌다. 그 우유는 이곳 목장의 신선한 우유가 아닌 '맛있는 우유 GT'였던 것이다. 당연히 농장에서 갓 짜낸 우유일 것으로 생각했던 우리 일행은 킥킥거리며 웃음을 참을 수가 없었다. 그런데 이때 조금은 어눌해 보이는 그분의 재치 넘치는 말 한 마디에 갓 짜낸 우유가 아니어도 좋았다. 그 직원은 우리가 우유를 보고 킥킥거리는 모습을 보더니 예상했다는 반응이 나왔다는 눈치였지만 어눌하게 말했다.

"아! 이 우유요? 이 우유는 제가 직접…, 슈퍼에 가서 사왔습니다!!"

고기 집에서 갈매기살을 시켰다. 나는 장난기가 발동해서 아주머니에게 이렇게 물었다.

"이거 국내산 갈매기 맞죠?"

그런데 그때 생각지도 않게 이어지는 맛깔난 재치 입담에 입이 떡 하니 벌어졌다.

"아, 이거 대포항에서 막 잡은 거예요, 국내산입니다."

넥타이를 짧게 맸을 때

이 세상에서 제일 싫은 게 넥타이다. 어쩔 수 없이 가야 하는 자리에 가기 위해 겨우겨우 급하게 넥타이를 매고 나가려는데 아내가 한 마디 했다.

"어! 넥타이 너무 짧게 맨 거 아니에요?"

평소에 넥타이 매는 걸 싫어하는 나에게 그 말은 "넥타이 짧게 매졌으니까 다시 매요!"라는 소리로 들려서 순간 짜증이 났다. 그 순간 재치 있는 아이디어가 떠올랐다.

'바지를 올리면 되겠네!'

그래서 아내를 보고 바지를 배 위까지 쭉 치켜 올리고는 영구처럼 '띠리리리리리!' 하면서 말했다.

"이렇게 하니까 넥타이가 길어졌네!"

아내도 나도 웃었다. 그리고 그날 하루 종일 만나는 사람마다 보여주었다. "내가 넥타이 금방 길게 매어 보일까요?" 하면서. 유쾌함과 위트는 조금만 생각을 바꿔도 보인다.

반전의 묘미

나는 교회에서 정신지체 장애우(발달 장애우) 아이들과 함께 예배를 드리는 사랑부 총무를 맡고 있다. 여러 부서로 나뉘어져 있는데, 우리 부서는 선생님과 아이를 합쳐 출석인원이 90여 명이다. 예배 시간이 끝나면 교육담당 선생님이 나와서 주기도문이나 사도신경 등 간단한 성경암송을 시킨다. 말을 못 하는 아이도 있고 한다 해도 어눌하고 아이 수준이다. 예배 분위기가 어두울 것 같지만 천만에 말씀! 그 어느 예배 분위기보다 활기 있고 에너지가 넘친다.

얼마 전 주일에 교육담당 선생님이 사도신경을 세 번 읽게 하고 외우게도 하고 들어간 후, 총무인 내가 나가서 광고를 하던 중에 선생님들에게 이렇게 말했다.

"아이들이 사도신경 외우기 힘들어 하는 모습 보고 조금 안타까우시죠?"

선생님들이 힘없이 "네에." 하는데 분위기가 조금 침울해졌다. 이때 반전시키는 멘트 하나!

"그럼 영어로 외우게 하세요!!"

이 말 한 마디에 침울했던 분위기는 어느새 사라졌다. 순발력 기술은 반전이 묘미이다. 이 반전은 관찰에서 출발한다.

호감을 만들어라

강의를 시작하기 전에 청강자들의 마음을 여는 나만의 노하우가 있다. 나의 똥똥하고 짧은 외모를 풍자하고 노는 것이다. 일대일 대화든 강의를 위하여 단상에 서 있든지 간에 상대보다 잘난 모습으로 보이면 백 번 실패다. 처음엔 무조건 대등하거나 자신이 낮게 들어가야 상대가 마음의 문을 쉽게 연다. 또한 자신을 매력 있게 어필할 수 있는 강점이 있다. 먼저 이렇게 물어본다.

“여러분, 제 키가 어떻습니까?”

그러면 ‘적당해요!’라든가 ‘커요!’라는 배려의 멘트가 나온다. 나는 ‘감사합니다.’라고 한 뒤 “키가 좀 짧죠?” 하고 묻는다. 그리고는 몸매를 돌려가며 “몸매는 어때요, 좀 굵죠?”라고 하면 거의 피식거리며 웃는다. 그리고는 회심의 미소를 지으며, “그런 의미에서 오늘 강의는 짧고, 굵게 진행하도록 하겠습니다!” 하면 어김없이 박수가 터져 나온다.

또 하나.

“여러분, 제가 여러분이 앉아 계신 의자에 앉으면 제 다리가 어떻게 될까요? 뜹니다! (다리를 내보이며) 짧아서. 그리고 여러분의 기분도 뜨도록, 업(up)시켜 드리겠습니다!”

누구나 자신만이 아는 외모 콤플렉스가 있다. 굳이 그럴 필요까지 있을까 생각할지 모르지만, 그렇게 말하는 순간 상대는 당신을 업신여기기보다 매력 있게 바라본다.

요즘 뜨는 시사를 인용하라!

연평도에 북에서 포격을 가한 지 얼마 지나지 않은 어느 주일, 한 목사님이 설교를 하실 때의 멘트다.

“요 며칠 전에 연평도에 북에서 쏜 미사일이 떨어져 난리가 났었죠?”

사람들은 그때 일을 기억하며 약간 고무된 듯 조용했다.

"그때 우리 군에서는 전시 수준인 '진돗개 하나'를 발령했지요? 아, 그런데 그때 뉴스를 보고 있던 제 아내가 그러더라고요."

"아니, 북에서 미사일을 쏜 마당에 진돗개 한 마리로 뭘 한답니까??"

그 말을 듣고 있던 성도들에게서 일제히 웃음이 터져 나왔다.

잘하는 강의나 설교는 누구나 알 법한 내용을 소재로 삼아서 공감대를 형성하여 절대 한 번 웃는 걸로 끝나지 않는다. 꼭 지금 자신이 하고자 하는 내용과 일치를 시키고 의미를 붙인다. 그러면서 하시는 말씀!

"그렇습니다. 지금 우리의 나라가 위기이듯 우리의 신앙도 위기 상태입니다. 우리가 걸어온 길이 잘못된 길이라면 지금까지 왔던 길로 다시 가면 안 됩니다. 이제는 오던 길이 아닌, 주님이 원하시는 다른 길로 가야 합니다."

명쾌하고 분명했다. 유머 스피치는 시도 때도 없이 웃음을 주는 것을 말하지 않는다. 잠깐의 웃음과 강하게 꽂히는 말 한 마디가 바로 유머 스피치다. 함께하는 공감과 강한 한 마디는 또한 살리는 강의나 설교가 된다.

예상치 못한 자리에 단어 끼워 넣기

한국 대 그리스와의 월드컵 경기에서 우리가 2:0으로 이긴 다음날 주일예배 시간에 김삼환 목사님께서 광고를 하시는데….

"여러분, 어제 우리나라와 그리스의 축구경기에서 우리가 그리스를 2:0으로 이겼다는 것을 속보로 말씀드립니다!!"

김삼환 목사님 말씀을 그냥 듣고 있던 사람들은 한바탕 크게 웃었다. 웃게 된 포인트는 무엇이었나? 바로 '속보'라는 단어 하나다. 이미 사람들은 월드컵 경기를 보았고 2:0으로 이겼다는 것도 알고 있다. 보통 사람 같으면 이렇게 말했을 것이다.

"여러분! 어제 축구 보셨죠? 정말 잘하더군요. 1:0도 아니고 2:0으로 이기다니요!"

이런 식으로! 위트 있는 멘트란 아이러니이기도 하다. 상황과 맞지 않는 말이 웃음의 포인트가 되기도 한다.

어김없이 기대를 저버리지 않고 성도를 향해 던진 회심의 위트 멘트!

"요즘 우울하고 밤에 잠도 못 자는 사람이 얼마나 많습니까? 사랑하는 자에게 잠을 준다고 말씀하신 것처럼 주 안에서 믿음의 분량을 키워 나갈수록 잠 걱정 없이 눕기만 하면 잠이 옵니다. 얼마나 주님이 여러분을 사랑하시면 예배 시간에도 이렇게 잠을 주시는지."

조용히 설교를 듣고 있던 성도들은 졸고 있던 사람까지 일어나 한바탕 웃었다. 이런 멘트는 유머 멘트 중 '완곡 멘트'에 해당한다. 만약에 '왜~이렇게 오늘 주무시는 분이 많으세요?'라고 했다면 어땠을까? 결국 같은 내용이지만 말하는 사람의 품격과 듣는 사람의 품위까지도 올라간다.

패러디의 진수, 정치인들의 입담

PD 수첩에서 낙하산 인사로 물의를 빚은 한 고위직에게 PD가 대놓고 물었다.

"낙하산 인사 맞으시죠?"

그 말에 대한 그 양반 말씀.

"낙하산이라니?! 나, 걸어 들어왔어!?"

본받을 예는 아니지만 상대의 말을 반대로 받아치는 재치?!

또 한 예로 같은 말을 사용해서 전혀 다른 뜻으로 사용되는 경우도 있다. 시장 후보 토론회에서 노회찬 후보가 한 말이다.

"거꾸로 타는 보일러는 있어도 거꾸로 가는 교육 정책은 안 됩니다!!"

이처럼 익히 대부분의 사람들이 알고 있을 법한 멘트를 패러디해서 자기주장을 펴는 용도로 사용하기도 한다.

강진, 영암의 민주당 5선 의원이신 김영진 국회의원의 재치 있는 입담 또한 패러디의 걸작이라 할 만하다. 모 교회 행사 자리에 초대 받았을 때였다. 대개 국회의원들이 인사 말씀을 한다고 하면 청중들은 기대하거나 귀 담아 듣기보다 빨리 말하고 내려가기를 은근히 바란다. 왜냐하면 국회의원이라는 선입견 때문에 빤한 얘기를 하고 나타내려 한다고 생각하기 때문이다. 신속하게 사회를 보시던 목사님은 행사 순서가 길다 보니 짧게 인사말씀을 해달라고 웃으며 부탁했다. 그때 노련한 의원답게 주저하지 않고 바로 마이크를 잡으며 한 말은 가히 유머 스피치의 진수라 할 만하다.

"저는 현재 5선 의원입니다. 제가 처음 정치에 입문할 때 여기 계신 목사님께서 해주신 말씀이 생각납니다."

정치인들은 말이 많기 때문에 마태복음 5장의 성경 말씀을 인용해서 하신 말씀입니다.

"짧게 말을 하면 복이 있나니 저가 다시 초청을 받을 것이요. 길게 말을 하면 화 있을진저, 그걸로 끝이니라!"

그렇게 말하고는 간단한 축하의 말을 하고 내려갔다. 멋져 보였다. 아! 이거구나! 김영진 의원님의 이 짧은 말은 나에게 유머 스피치의 교본처럼 보였다. 길지 않고 짧으면서 상대를 높여주고 자기 자랑도 하면서 널리 웃음을 주는 멘트. 자칫 딱딱하거나 엄숙하게만 느껴졌을 자리가 그 짧은 멘트로 웃음이 번지고 그분에 대한 나의 호감도가 높아졌다.

외국의 정치가들은 유머가 한국인과 많이 다르고 더욱 여유롭다. 2003년 캘리포니아 주지사 선거에 나간 아놀드 슈왈츠제네거는 한 청중이 던진 계란에 얼굴을 맞았다. 그때 그는 말했다.

"이제 베이컨을 받을 차례군요."

그의 이 기발한 유머 한 마디는 악의에 찬 공격을 무색하게 만들었고, 유권자들의 머릿속에 '그릇이 큰 사람'이라는 인상을 남겼다.

드골 대통령의 반대파 의원이 말했다.

"각하, 제 친구들은 당신의 정책에 대해 매우 불만이 많습니다."

그러자 드골 대통령은 아무렇지도 않게 말했다.

"아, 그래요? 이참에 친구들을 바꿔보시죠."

위트 넘치는 유형별 자기소개
첫인상이 반이다

모임이나 어느 곳에 가면 맨 처음 겪어야 하는 일이 자기소개다. 그런데 '누구누구입니다.' 하고 이름 말하고, '잘 부탁합니다.' 직업, 나이 정도를 말하고 나면 할 말이 없다. 물론 서로 지루해지기 때문에 다른 말을 더 할 필요는 없다. 요리도 냉장고에 있는 재료로 후다닥 해서 내오는 사람이 잘하는 사람인 것처럼, '자기소개'도 자기가 이미 가지고 있는 것으로 요리를 잘하는 것이 포인트다. 그러면 각 주제별 사례를 통해 감 잡으며 능력자가 되어보자.

1. 외모

얼굴에 주름이 많고 배가 나오신 분 :

"저는 어릴 적부터 늘 남보다 앞서길 원했고 또 그렇게 노력했습니다. 그러다 보니…, 배는 남보다 늘 반 발 앞서고 얼굴도 늘 10년 더 앞서갑니다."

키가 아담한 어린이집 선생님 :

"저는 어린이집 선생님입니다. 저는 원래 키가 175cm였는데, 아이들과 눈높이를 맞추다 보니까 무려 20cm가 줄었습니다."

얼굴에 땀구멍이 크고 웃거나 말을 할 때면 노랗다가 빨개지는 어떤 분 :

"안녕하세요? 귤껍질입니다. 귤껍질은 집안에 생선 비린내 같은 냄새가 날 때 불에 태워주면 냄새가 금세 사라져 탈취제 역할도 하고, 한약재로 진피라 하여 널리 인간을 이롭게 합니다. 저도 여러분에게 긍정적인 영향력을 끼치는 사람이 되겠습니다."

이렇게 말하는 순간 키득키득 웃음이 나왔다. 단점이라고 생각할 수 있는 외모를 자신 있게 풍자하는 그분들이 멋져 보였다.

2. 환경 / 처지

저는 어릴 적 이리저리 집을 옮겨 다녀야 했습니다. 별장이 전국에 있어서…, 참 힘든 생활이었습니다. 누구나 다 그랬겠지만, 어릴 적엔 무지 가난해서 먹을 반찬이 없었습니다. 그래서 맨날 올라오는 반찬이 인삼 장아찌, 산삼 말랭이, 뭐 이런 것이었습니다. 저 참 실없게 보이죠?? 버릴 게 없는 남자 OOO입니다.

3. 이름

이름 삼행시 이영식 :

이　　이영식입니다. 이름으로 삼행시를 지으려니까

영　　영 생각이 안 나네요.

식　　식사하고 다시 하겠습니다. 일단 먹고 합시다. 이영식입니다.

여러분 6.25를 아십니까? 우리는 6.25를 절대 잊어선 안 됩니다. 예전에 이런 구호가 있었죠?…. '상기하자 6.25!!' 절대 잊지 말아 주십시오! 박상기입니다.

예전에 웅진 코웨이 유구 공장의 김찬용 과장님을 뵈었는데 명함을 서로 교환하면서 가까이 오더니, 명함에 있는 자기 이름의 밑받침을 가리며 하시는 말씀!

"제 이름의 받침을 빼면 '기차요'입니다. 그런데 어떤 분들은 '기' 자를 조금 길게 빼며 '기~~가 차요~~.'라고도 합니다. 하하하!"

정말 기가 차게 멋지고 알찬 분 같았다.

내가 아는 목사님 중에 '문성원' 목사님이라는 분이 계시다. 그분도 "문성원 목사입니다. 받침을 빼면 '무서워' 목삽니다. 하하하!"라고 했다. 그 목사님 진짜 무섭게 생겼다. 그렇게 소개하니 절대 그 이름을 잊을 수가 없다.

신성열이라는 목사님은 자기 이름으로 말문을 열곤 한다.

"제가 예수 믿기 전에는 신경질내고, 성질내고, 열만 내는 사람이었는데, 예수 믿고 난 후 신실하고, 성실하고, 열정적인 사람이 되었습니다. 멋지죠?"

자기의 이름을 뒤집어보고 떼어내 보아도 멋진 자기소개 멘트가 완성된다. 끌리는 사람은 기억되는 사람이다.

"안녕하십니까? 천당 옆에 분당에서 온 오마샤리프, 오드리 헵번, 오바마와 성이 같은 오혜열입니다. 아, 그리고 제 고향은 지구가 아닙니다…. 화성입니다(경기도 화성)."

경원대 총장 이길여 박사 :

이 이 세상을 행복하게 하는

길 길을 열어가는

여 여자입니다. 멋지죠?

이름이 이득신이라는 분이 있는데, 그분은 앞에 서서 맨 처음에 이렇게 말한다.

"여러분, 이순신 장군 다들 아시죠?"

그리고 "네."라는 말이 나오기가 무섭게 넙죽 인사하고 난 다음 한 박자 쉬고는, "이순신 동생 이득신입니다." 한다. 그러면 백 퍼센트 폭소다.

4. 위트

"여러분, 만나서 반갑습니다. 여러분의 표정을 보니 제가 썩 마음에 드는 표정이시군요! 아, 참고로 저는 국악을 아주 잘합니다. 혼자서 북치고 장구 치고 다 하거든요."

"안녕하세요? 저는 이슬만 먹는 여자랍니다…. 하루에 꼭 참이슬 두 병을 마신답니다."

이분은 딱 보기에 가녀리고 얌전해 보이는 여성이었다. 그런데 그런 분 입에서 이런 말이 나오자 다들 이 여성분에 대한 거리감이 사라져버렸다.

"저는 어렸을 때부터 성격이 고지식하고 남들과 잘 어울리지 못했습니다. 그래서 집, 학교, 도서관, 집, 학교, 도서관만 다녔습니다. 그래서…, 맨날 1등만 했습니다."

5. 나이

당당한 나이 소개로 20년 젊게 살기

자기소개 중에 나이를 소개할 때 나이만 말하기도 애매하다. 이 장에서는 전반적인 것을 설명 드리고자 한다.

나이가 어리면 몰라도 나이가 있을수록 자기 나이를 소개할 때 좀 꺼려하는 사람이 많은 것 같다. 나이 먹은 것이 부끄러운 것도 아니고 사실 그대로 이야기해도 괜찮은데 대부분 이렇게 말씀하신다.

"제가 좀 나이가 많습니다!!"

도대체 어느 정도부터가 많은 것인가. 남에게 나를 알릴 때 가장 중요한 건 직업이 뭐고 이름이 뭐고 하는 정보가 아니라 자신감과 매력이다. 서로 처음 보는 자리에서 소개하는 모든 사람의 이름과 직업 등을 기억하는 사람은 없다. 또 기억하려 들지도 않는다. 그런데 기억하고픈 사람이 있다. 바로 매력 있는 사람이다.

이것만은 지키자!! 절대 하지 말아야 할 말은 "제가 좀 나이가 많습니다!"이다. 거짓말을 한 것도 아니고 부정적으로 자신을 소개한 것도 아닌데, 이 말을 듣는 사람들은 그에게 마음으로 약간의 거리를 둔다. 이 말을 함으로써 당신에게서 상대가 한 발짝 가까워지는 것이 아니라 두 발짝 멀어진다는 것을 명심하라.

사실 그냥 "45세입니다. 쉰여섯입니다." 이러면 된다. 그런데도 굳이 나이를 에둘러서 말하고 싶으면 이런 방법이 있다.

1. 5호선 8번 출구입니다. 또 흔히들 아시는 4학년 8반입니다.
2. 30살은 무거워서 집에다 두고 와서 28살입니다.
3. 제가 45살처럼 물론 보이시겠지만 68살입니다.
4. 여러분! 장동건과 제가 공통점이 두 가지가 있습니다. 하나는 얼굴로 먹고 산다는 것이고, 다른 하나는 띠 동갑이라는 것입니다.

다시 한 번 말하지만, 중요한 건 자신감과 매력이다. 나는 키가 저렴해서 내 키에 대해 드러내 놓고 말하고 우스갯거리로 삼는다. 그러면 다른 이들은 나를 업신여기는 것이 아니라 신기하게도 좋아한다. 대머리라고 모자를 쓰고 다니는 분이 있다면 당장 모자를 벗어라! 브루스 윌리스와 한국의 머리카락이 저렴한 직장인의 다른 점은 무엇인가. 넘치고 오버하면 꼴불견이지만, 당당함! 그것이 매력이고 경쟁력이다.

45살인 여성분 :
"저는 올해 25살입니다. 쫌 의아하게 생각하시는 분들이 많은 것 같은데요. 사실 제가 뭘 들고 다니는 걸 싫어해서, 20살은 집에 두고 다닙니다."

"여러분이 저를 보실 때 당연히 40대 후반이라 생각하시겠지만 68세올시다."

단, 주의할 점! 이런 말이 먹히려면 누가 봐도 그분은 60세는 당연히 넘으신 걸로 보여야 된다. 그래야 빤한 거짓말에 웃음이 나오기 때문이다.

"56년 캥거루 띱니다! (팔팔하거든요!!)"

6. 직업

"솔직히 고백하는데, 저는 여자를 너무 좋아합니다. 제 삶에서 여자를 빼면 생각할 수조차 없습니다. 여자 때문에 먹고 사는 산부인과 의사 OOO입니다."

유머
능력자
따라잡기 [실전편]

곁다리, 코스

05

유머의 갓길

유머 능력자 따라잡기 실전 편

몰래 꺼내 바로 써먹는 멋진 위트 멘트

- 한 사람으로부터 아이디어를 훔치면 표절이고, 여러 사람으로부터 훔치면 여론조사다.
- 남자들이여, 행복한 결혼을 위해서 입은 닫고, 지갑은 열어라.
- 사랑은 전쟁이다. 시작은 쉽게 하지만 끝내기는 무지하게 어렵다.
- 남자는 개와 같이 항상 집으로 다시 돌아온다. 여자는 고양이와 같다. 한 번 소리 지르면 집을 나가버린다.
- 이 세상에서 여자가 사라지면 돈은 아무런 의미를 갖지 못한다.
- 여자를 이해하지 못하는 두 부류의 남자가 있다. 첫 번째는 총각이고, 두 번째는 남편이다.
- 죽음은 유전병이다.
- 포커는 내가 어떤 패를 가지고 있느냐의 게임이 아니라, 어떤 패를 가지고 있는 것처럼 보이게 하느냐의 게임이다.
- '언젠가'라는 요일은 일주일 중에 없다.
- 모든 다툼에는 3가지의 주장들이 있다. 너의 주장, 나의 주장, 그리고 옳은 주장이다.

- 남자가 여자를 이해하지 못할 때가 두 번 있다. 결혼하기 전과 결혼한 후.
- 법을 잘 알면 유능한 변호사가 되고, 판사를 잘 알면 탁월한 변호사가 된다.
- 내 마음속에 들어와서 살아, 월세는 절대 안 받을게.
- 늙는 것은 필수고, 철드는 것은 선택이다.
- 자기 나이를 인정하는 여자는 없다. 그리고 나이 값 하는 남자도 거의 없다.
- 세상 모든 것에는 사용 설명서가 있다. 하지만 사람은 없다.
- 네 이웃을 사랑하라. 하지만 들키지는 말아라.
- 사랑과 똥침은 강하고 깊을수록 아프다.
- 남의 말을 잘 들으면 사람을 들었다 놨다 할 수 있다.
- 아버지가 부자라면 운 좋은 팔자다. 장인이 부자라면 그것은 실력이다.

실전 위트 멘트 어록

1. “어디서 눈을 똥그랗게 뜨고 쳐다봐?!” … “그럼, 네모나게 뜨고 볼까요?”
2. 주의! 요 멘트는 친한 사람끼리만 하세요!

   “회, 좋아하시나 봐요?”

   “좋아하긴 하는데, 왜요?”

   “네~, 다 날로 드시려고 하는 것 같아서!”
3. “저는 고향이 지구가 아닙니다. 화성입니다. 경기도 화성!”
4. “저는 산을 좋아합니다. 설악산, 지리산, 그리고 요즘에는 ‘부동산’이 제일 좋습니다.”
5. “물건을 팔다 보면 반드시 깎아 달라는 고객이 많습니다. 깎아 주고 싶은데, 오늘은 대패가 없어서요.”
6. 아파트에 산다면 누가 집에 찾아올 때, “거기 어떻게 찾아가면 돼요?”에 대한 위트 멘트.

   “310동은 어떻게 찾아가면 빠른가요?”

   “아~, 309동을 찾으면 쉽게 찾아오실 수 있습니다.”

7. “저는 뜹니다!”

“네, 강사님은 강의를 잘하시니까 곧 뜰 겁니다!”

“아니, 그게 아니라 의자에 앉으면 다리가 뜹니다!”

8. 영화 ‘아저씨’ 보셨어요?

“아뇨?!”

“아저씨가 ‘아저씨’를 안 보면 어떻게 해요?"

“영화 ‘마더’ 보셨어요?”

“아뇨.”

“엄마가 ‘마더’도 안 보면 어떻게 해요?”

9. 강단에 서서 “여러분! 여러분들이 보시기에 제 몸매가 어떻습니까? 짧고, 굵죠? 그래서 강의는 짧고 굵게 진행하도록 하겠습니다!”

10. 문자가 왔다. “오늘까지 보내도 돼요?” 이때 나의 답문은?

“그럼~, 돼지~, 꿀돼지~, 꽃돼지!”

11. “후라이드 반, 양념 반 해서 ‘반반’하게 해주세요.”

12. 한국 야구, 어떻게 이렇게 잘하냐고 김인식 감독에게 기자가 묻자, “에, 사인을 보낼 때 안타나 홈런을 치라고 사인을 냅니다.” 한다.

13. “엄마 노릇, 아빠 노릇, 자식 노릇 하기 힘드시죠? 그런데 이런 노릇을 잘하다 보면 인생이 ‘노릇노릇’해집니다.”

14. “저는 마음이 넓은 사람입니다. 그래서 서운한 거, 기분 안 좋았던 거 다 담아둡니다.”

15. “저는 뒤끝이 없는 사람입니다…. 그래서 끝까지 다 기억합니다.”

16. 남편이 아내에게 장모님 댁 주소를 물어보려고 전화를 걸었다.

"거기 주소가 어떻게 되지?" 부인 말하길,

"여기는 대한민국~, 서울~, KBS~, 체험 삶의 현장."

17. "요즘 건강에 관심이 많죠? 또 인스턴트 음식이 안 좋다는 것도요. 최근의 보고에 의하면 햄버거, 콜라, 감자튀김 같은 정크푸드를 매일 꾸준히 먹을 경우…, 질린답니다!"
18. "얼마 전 WHO 세계보건기구 한 고위 관계자의 말에 의하면, 성인 한 사람이 매일 술 한 병, 담배 한 갑을 마시고 피울 경우…, 돈이 많이 든답니다."
19. "목사님은 모든 것에 감사하며 먹으라고 하시면서, 왜 물 마실 때는 그냥 드십니까?" 이에 난처해진 목사님의 위트.

    "아, 그게 말이죠. 건더기가 있는 건 감사하고, 건더기가 없는 건 안 합니다!"
20. '여필종부'란?… 여자는 필히 종부세 내는 남자를 만나야 한다!
21. "제가 결혼을 좀 늦게 했습니다…. 오후 5시에 했습니다."
22. "저는 아내와 천생연분입니다. 결혼할 때 나이가 4살 차이였는데 결혼한 지 8년이 지난 지금도 4살 차이를 계속 유지하고 있거든요."
23. "아버지! 오늘 영화 보실래요, 조조 영화?"

    "거, 좋지! 조조 영화라면 중국 영화겠네?!"
24. "야~, 네가 '빈티지' 옷을 입으면 이렇게 어울리고 예쁜데, 내가 입으면 왜 이렇게 '빈티'가 나냐?"
25. 어느 성악가에게 물었다. "원래 성악을 좋아하셨나 봐요?"

    그러자 그 성악가 능청스럽게 말하길,

"아뇨, 저는 원래 아내를 좋아했습니다!"

26. 이 세상에서 제일 행복한 여자는? … 이브!

왜? 시어머니가 없어서!

27. 사자 중에 제일 착한 사자는? … 자원 봉사자.

28. "당신이 문제가 있다고 생각하는 교회나 회사에는 절대 가지 마십시오. 당신이 그곳에 가면 더 문제가 심각해질 테니까."

29. 우리 목사님 위트 멘트.

"여러분, 용기를 가져야 합니다. 용기라고 하니까 왜 사발면이 생각나는 걸까요?"

30. "혈액형이 뭐예요?"

"계란형이요?!"

"아, 그러세요? 저는 미인형인데!"

31. 노처녀들이 들은 가장 슬픈 말. "아줌마, 꼭 처녀 같습니다."

32. 무식한 귀신은 부적도 못 알아본다.

33. "바나나가 그렇게 치매에 좋다네?"

"그래? 그럼 원숭이들은 치매에 안 걸리겠네??"

34. "너 아까 목욕탕에서 때 엄청 나오더라!!"

"그러니까 이제부터 떼쓰지 마!"

35. "아기가 몇 살이지?"

"네, 2살입니다."

"아~, 나이를 별로 안 먹었구나, 난 더 먹은 줄 알았네!"

"그래도 젖살은 많습니다."